西安好人

中共西安市委宣传部
西安市文明办 / 编

西 安 出 版 社
西安曲江出版传媒股份有限公司

图书在版编目（CIP）数据

西安好人 / 中共西安市委宣传部, 西安市文明办编. — 西安：西安出版社，2018.1
ISBN 978-7-5541-2958-6

Ⅰ.①西… Ⅱ.①中…②西… Ⅲ.①报告文学—作品集—中国—当代 Ⅳ.①I25

中国版本图书馆CIP数据核字(2018)第023509号

西安好人
Xi'an Haoren

编　　著：	中共西安市委宣传部　西安市文明办
文字审定：	西安市文明办
项目统筹：	屈炳耀
策划编辑：	史鹏钊
责任编辑：	张增兰　范婷婷　李　丹
责任校对：	陈　辉　王玉民　张忝甜
装帧设计：	刘俊飞
排版设计：	纸尚图文设计
责任印制：	宋丽娟
出　　版：	西安出版社
	（西安市长安北路56号）
发　　行：	西安曲江出版传媒股份有限公司
	（西安曲江新区雁南五路1868号影视演艺大厦14层）
印　　刷：	陕西龙山海天艺术印务有限公司
开　　本：	787mm×1092mm　1/16
印　　张：	12.75
字　　数：	159千
版　　次：	2018年1月第1版
印　　次：	2018年3月第1次印刷
书　　号：	ISBN 978-7-5541-2958-6
定　　价：	56.00元

△读者购书、书店添货或发现印装质量问题，请与本公司营销部联系、调换。
电话：（029）68206213　68206222（传真）

目录

01　熊宁：西安最美的女孩 / 002

02　王振治：爱民为民交警 / 012

03　贾合义：诚实守信的追梦人 / 018

04　沈星：舍己救人的年轻军人 / 026

05　丁水彬：无怨无悔照顾病重亲人 / 032

06　陈若星：创造高龄瘫痪病人的生命奇迹 / 040

07　郝世玲：百姓心中的郝大姐 / 048

08 汪勇：视群众为亲人的民警 / 060

09 张一龙：帮助孤残老人，播撒爱心的企业人 / 070

10 陈绍洋：待患如亲的麻醉医师 / 078

11 负恩凤：扎根群众不知疲倦的歌唱家 / 086

12 薛莹：与波音同飞翔的劳模 / 092

13 李智华：向上向善好青年 / 098

14 毛茜：超越血浓于水的亲情大爱 / 106

15 于凤玲：诚实守信帮助她闯出了一片天地 / 112

16 夏雨含：默默救人的高中生 / 118

17 石志光：热心公益事业的模范代表 / 124

18 龚治安：朴实情深的大孝子 / 130

19 邢建民：义务为群众拍照的摄影人 / 136

20 李国武：舍身救人的英雄保安 / 144

后　记 / 149

附录一　2014年"西安好人榜" / 150

附录二　2015年"西安好人榜" / 160

附录三　2016年"西安好人榜" / 177

附录四　2017年"西安好人榜" / 188

01 熊宁
西安最美的女孩

2008年3月10日，热心公益的熊宁在从玉树前往西宁孤儿学校探访的途中，遭遇车祸不幸身亡。熊宁被共青团中央追授为"中国杰出志愿者"，被共青团陕西省委追授为"陕西省优秀青年志愿者"，被共青团西安市委追授为"西安市杰出志愿者"，被西安市妇联追授为"西安市三八红旗手"等。

美丽的熊宁

熊宁，女，汉族，1978年8月出生，陕西西安人。熊宁一直热心公益事业，关心孤残儿童，被西安市儿童福利院誉为"爱心天使"。她先后4次前往青海玉树藏族自治州捐赠衣物。2008年年初，熊宁赴玉树州玉树县隆宝镇，为灾区藏族群众发放衣服、冻疮药等急需物品。3月10日，熊宁在从玉树前往西宁孤儿学校探访的途中，遭遇车祸不幸身亡。熊宁被共青团中央追授为"中国杰出志愿者"，被共青团陕西省委追授为"陕西省优秀青年志愿者"，被共青团青海省委、青海省文明办追授为"青海省杰出青年志愿者"，被共青团西安市委追授为"西安市杰出志愿者"，被西安市妇联追授为"西安市三八红旗手"。

父母眼中的熊宁：她想办一家穷人的银行

熊宁的家位于西安市雁塔路上，那是一套普通的四室一厅。熊宁生前和丈夫、父母居住在一起。

父母的掌上明珠

熊宁的父母都是退休干部。父亲回忆说，自己30岁时才有了熊

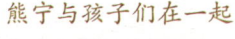
熊宁与孩子们在一起

宁。熊宁的父亲上过大学，讲究教育方法，宠爱但绝不溺爱孩子，身教重于言传。熊宁的父亲说："我和贝贝（熊宁小名）的关系更像是朋友，我们在一起谈文学、谈人生，也谈美食……贝贝是个孝顺的女孩，大学毕业刚挣钱时，就带着70多岁的奶奶到香港和澳门旅游了一圈。"熊宁的母亲说："贝贝活泼、开朗，爱好读书、写诗、唱歌、弹琴。她也喜欢看时尚杂志，爱买漂亮衣服，但不追求品牌。只要喜欢，再便宜也不嫌弃。贝贝尤其喜欢民族服饰，到什么地方都要穿当地民族服装，她说这样能和当地人融合在一起。"

专注公益活动

大学毕业后，熊宁对公益事业产生了浓厚兴趣，并逐渐将其发展成为自己的理想。她希望自己能办一家穷人银行，为穷人提供小额贷款，帮他们改变人生。她一直在认真思考这件事，去年还专门跑到北京，当面请教了著名的经济学家茅于轼，回来后感慨良多。熊宁的理想并非只停留在嘴上。她本来有机会在广州做一名月薪万元的白领，但她并没有去。她的想法是做公益事业。熊宁的丈夫黄晨开了家室内装饰公司，虽然收入不多，但除了吃穿，还有盈余。这样，熊宁就能够专注于她的公益活动。

丈夫眼中的熊宁：我失去了最爱的"翅膀"

你知道吗？每个人都是一个独翼天使。他来到人间，是为了寻找自己的另一只翅膀，带她一起飞翔。熊宁的丈夫黄晨找到了自己的另一只"翅膀"，可如今，他却永远地失去了这只心爱的"翅膀"。黄晨说："我们还有很多事情没有做，很多路，我还希望和你一起走……"

贤淑体贴的好妻子

黄晨第一次见到熊宁时，熊宁16岁。她留着长发，戴一顶编织的草帽，穿一身素净的碎花裙子和一双草编凉鞋。那是一个文静、漂亮的女孩。黄晨的舅舅是熊宁父亲的下属，那年夏天，熊宁利用暑假到广州游玩。而黄晨为熊宁义务当起了导游，带她在广州玩了半个多月。从那时起，黄晨就喜欢上了这个可爱的女孩。2005年，经过多年恋爱长跑，熊宁和黄晨踏上了红地毯。

婚后，熊宁对黄晨体贴至极。黄晨说，因为自己不爱喝牛奶、吃面包，每天早上熊宁都起床给他煮面。不管有多累，只要在家，熊宁总是头一天晚上把丈夫第二天要穿的外套、鞋子、袜子、内衣都准备好，放在床边。黄晨在外谈生意时，熊宁很少给他打电话催他回家，生怕打扰他。

节俭、有品位的善良女孩

熊宁大学读的是上海纺织学院服装设计专业，因此，黄晨和周围朋友都夸熊宁有眼光和品位。她能去康复路淘衣服，也会去香港购物，她买的衣服，常常几百元的东西穿在身上像是上千元的，让人羡慕不已。

熊宁也喜欢美食，但不会刻意去挑很贵的餐厅。丈夫要请她大吃一顿，她总是笑呵呵地拽着他到一家别致而价格低廉的餐厅。她是一个特别会为对方着想的人。

熊宁热爱生活，喜欢到处走走，黄晨陪熊宁去过几次青海。他们每到一个地方，看到可怜的牧民，熊宁就拿出自己的食物分给他们。熊宁最爱的地方就是青海，她曾跟黄晨说，这么美的地方，就是死在这里也值。没想到，一语成谶。

黄晨后来在追悼会上颤抖着说，自己最遗憾的事情，是相处这么久，没有送过花给熊宁，第一次送花，竟是在她去世的时候……

朋友眼中的熊宁：独生女心怀大爱

通常，女人做了母亲，才会发自内心地爱孩子，才能体会到孤儿的孤单和无助。熊宁没有自己的孩子，却对福利院的孩子充满了母亲般的爱。这是怎样一个女孩，她的心灵和天使一般善良！很多人都有爱心，但更顾及自己的家庭、自己的生活，而熊宁用她的行动告诉我们，家庭的小爱之外，还有一种更重要的东西，叫作"心怀大爱"。

福利院的"爱心义工"

西安市儿童福利院的办公室主任熊晴说，熊宁生前经常来看望孩子，从2007年年初起，坚持来这里做义工，平均每周来一天。福利院的义工比较多，但像熊宁这样能坚持下来的为数不多。在熊宁的努力下，先后有5名孤儿被外国人收养。2007年儿童节，她被福利院授予"爱心义工"的称号。

她带动了身边许多朋友

熊宁不但自己热心于公益事业，她还发动了身边的许多朋友。她的好友、西北大学教师高红说，熊宁曾先后4次前往青海玉树藏族自治州一所孤儿学校支教，还捐过1万元钱。"去年她从玉树回来后伤心地告诉我，那里的教育很不发达，明年咱们一起去那里支教吧。"高红答应了，并做好了去支教的准备，可没想到，两人竟再也无法同行。

一位姓周的单身母亲说，2002年一次偶然的机会，她认识了熊宁。那时，周女士生活比较困难，独自一人带孩子很辛苦。熊宁常常买衣服和书给周女士的儿子，还带他去吃肯德基。直到现在，周女士的儿子还保留着熊宁姐姐送他的字典，字典的扉页上写着"熊宁"。

义子眼中的熊宁：做一个和阿妈一样有爱心的人

了解熊宁的人都知道，她生前最喜欢去的地方是儿童福利院，她最喜欢做的事，就是每逢节假日，和黄晨一起到福利院接孩子回家，给孩子们做饭、洗澡、换衣服，带他们出去玩。熊宁总是说："我要让这些孩子感受到家的温暖！"

阿佳，我能叫你阿妈吗？

熊宁有一个义子，在玉树州红旗小学上学，名叫昂文求达，是一名11岁的藏族少年。

熊宁和昂文的母子情缘始于2007年8月，那时身在玉树的熊宁经一个朋友介绍，认识了昂文。昂文的父亲几年前就去世了，他和母亲的生活十分艰难。当得知昂文的情况后，熊宁住进了昂文家，一住就是整整一个月。在昂文的印象中，熊宁的脸上总是挂着笑容。熊宁带着昂文去澡堂里洗澡，每天晚上辅导他做作业，还给昂文带来了不少英语磁带和各种书籍，昂文的心里热乎乎的。

家里情况不好，使得昂文常有自卑感。但熊宁待他和母亲很好，和他母亲聊天，还上街买菜，做许多汉族菜肴让他和母亲品尝。昂文的母亲不会说汉语，昂文成了母亲和熊宁之间的"传话筒"。在熊宁和他母亲的闲谈中，昂文得知熊宁没有孩子，他想，要是能做她的孩子，该是一件多么幸福的事。"阿佳（藏语，姐姐），我能叫你阿妈吗？"一天，昂文怯生生地问熊宁。他当时很害怕熊宁不肯要他，但没想到熊宁听了后，开心地笑了，一把将昂文揽在怀里，亲了又亲说："好啊，好啊！"昂文最难忘的是熊宁阿妈给自己洗澡时的情景，阿妈给他轻轻地搓背，昂文说："阿妈的手很温柔。"一个11岁的孩子何以会用"温柔"这个字眼去赞美那个美好瞬间？孩子的老师说，"温柔"是昂文刚刚学会的词，他把这个词献给了美丽的汉族阿妈。

想给阿妈来扫墓

熊宁在昂文家住到3月10日，和同行的志愿者动身去看望孤儿学校的其他孩子。两天后，昂文的姑姑冲进家里哭着说，昂文的汉族阿妈去世了。昂文的母亲伤心不已,不住地念叨:"她可是一个好人呐!这太不公平了。"

昂文说,每次回到家坐在书桌前,他首先会将家里每个角落扫视一遍,"好像熊宁阿妈还在我家一样"。然后打开台灯,认真写作业。昂文书桌上的台灯是熊宁送的,当得知昂文有时眼睛感觉不舒服时,熊宁在街上买了一盏台灯给他。

熊宁遇难后,昂文悄悄写下了一封短信给熊宁的丈夫黄晨:"我要做一个和阿妈一样有爱心的人。"昂文说,今年夏天他要去西安,不是为看高楼汽车,也不为吃烤鸭,而是给熊宁阿妈扫墓,去看望阿妈的爸爸妈妈。

天堂里最美的天使

提起"天使"这个词,人们往往会想起优雅、清纯、亲善的形象。这一切,熊宁都具备。更重要的是,她的心灵是最美的,她的存在让世人久久不能忘怀⋯⋯

送救灾品魂断高原

2008年1月,中国的大部分地方遭遇了50年以来最严重的冰雪灾害,我国南方及其他地区的结冰层厚达一尺多,无数县、乡停电、停水,蜡烛、药品和粮食严重短缺。地处青藏高原的玉树地区也出现了大范围降雪,导致雪灾,牲畜大量死亡。截至2月27日,玉树地区已死亡牲畜18.15万头(只),牧民的人身安全也受到严重威胁。

大年初六,熊宁得知这个消息后,立即展开了募捐行动。她发动了身边的每一位朋友,给他们发短信,问有没有可以捐赠的衣服、药品。为了募捐效果的最大化,她还跑到多家企业游说,有时被不理解的人称作"厚脸皮"赶了出来。但熊宁没有灰心,经过近一个月的努力,她终于募捐到一批救灾物品。3月2日,她和丈夫以及另外两位志愿者，开上借来的车，从西安出发了。

在颠簸了两天之后，他们来到了青海省玉树州玉树县隆宝镇，那里平均海拔在4000米以上，气温零下十几摄氏度，一路还能清晰地看见冻死的牲畜。熊宁每到一处，心情就沉重几分。直到她将募捐到的部分衣服、冻疮药等急需物品发放到灾区群众的手里，看到他们欢快、兴奋的样子时，她才舒心地笑了。

欢笑过后，熊宁想到还有部分救灾物品仍在西安，4人商量决定，由黄晨和另一位志愿者返回西安运物资。熊宁和志愿者刘璞留下。3月10日，熊宁和刘璞从玉树搭乘一辆开往西宁的便车，行至玛多县境内时，发生了车祸。熊宁失去了年轻的生命，刘璞和司机也被摔成重伤。

"战友"与死神擦肩而过

刘璞是熊宁的"战友"，多年来与熊宁一起看望孤残儿童。他在车祸中受了重伤，肋骨骨折、腰椎第三椎体压缩性骨折，肺部也受损导致气胸。躺在病床上，刘璞痛苦地回忆着当时的情景。

那一天，熊宁和刘璞打算去一所孤儿学校考察，帮他们改建校舍、商谈支教事宜。当地一位藏民得知后，非常感动，愿意让他们搭自己的便车。车行驶到玉树州玛多县，由于路况很差，加上车速有些快，汽车行至一处坑洼路段时突然被弹起，熊宁和司机被甩出了车外。受了重伤的刘璞从车里爬出来，当时熊宁已经不行了，刘璞爬到路边，拦住了一辆过路车。报警之后，他和司机被送往医院。

在青海大学第二附属医院住院时，刘璞止不住地流泪。他哭着打电话给妈妈说："贝贝没有了……"

刘璞的妈妈说，虽然熊宁走了，但刘璞说过，他不会间断一直做的公益事业，以后还要经常去青海。熊宁的丈夫黄晨说，处理完熊宁的后事，他将和其他志愿者带上上次剩余的物资，再次奔赴青海，将物资发放给灾民。

永不凋零的雪莲花

3月12日下午，海拔4200多米的玛多县城，看不到半点春天的痕迹，人们裹着厚厚的皮袄，聚集在县医院门口，为熊宁送行。善良的人们把一条条洁白的哈达放在熊宁的遗体上，祝愿熊宁"回家"的路一帆风顺。

当熊宁的遗体运回家乡西安后，人们的眼睛湿润了。3月16日，西安数万名群众自发赶到西安三兆殡仪馆，参加熊宁的葬礼。耄耋之年的老人来了，父母带着子女来了，高校学生来了，福利院的孩子也来了……他们从四面八方赶来，看望他们心中的楷模——熊宁，送她最后一程。

"你是让人感动的好女孩，你的天堂之路是一条充满爱的路。你的义举和高尚情怀会给我留下无限的思念。"这段话是76岁的陆士麟老人送给熊宁的，他怀抱29朵白玫瑰来到告别大厅。老人说，早上7点多，他从后宰门出发赶来殡仪馆，这29朵鲜花代表熊宁29岁如花般怒放的生命。

家住长安区的残疾人刘刚，半夜12点多从手机报上得知熊宁的事迹后，口袋里装着干粮，半夜2点多骑着自行车赶到殡仪馆。当时，殡仪馆还没开门，衣着单薄的他冻得实在受不了，又返回城里，早晨6点时再次骑着自行车赶过来。

21岁的西京大学学生杨文锐说，以前"独生子女"这个词是"自私""任性"等负面词汇的代表，但熊宁用她的事迹证明，独生子女一代，绝非垮掉的一代。

02 王振治

爱民为民交警

王振治,西安市公安局交警支队新城大队安监中队民警。他与妻子收养4名残障儿童,在社会上引起了强烈反响,他被群众称作"交警爸爸"和"感动哥"。王振治被评为"西安市十大道德模范""第二届感动古城十大民警""新城区扶残助残模范""第三届全国道德模范",获得"市交警支队爱民为民特别贡献奖"等。

王振治接受表彰

王振治，西安市公安局交警支队新城大队安监中队民警，一级警督。

2008年9月以来，王振治和患病妻子不顾家庭困难，积极响应西安市儿童福利院招募爱心家庭的倡议，将4个残障儿童收养回家，悉心照料：老大安恩阳，弱智，9岁；老二临丹军，弱智、聋哑，7岁；老三曲小辉，脑瘫、腿残，5岁；老四安旭阳，聋哑、左眼残疾，3岁。

几年来，夫妇俩克服重重困难和各种压力，无微不至地关爱照料这些智力较差、行动不便、经常大小便失禁的孩子。他们俩把他们当作自己的亲生儿女，精心养育，从不嫌弃不厌恶这些在社会上常受鄙视和不公待遇的残障孤儿，手把手地教会了他们穿衣吃饭和独立行走，让他们学会了自理、独立。为了让这些特殊的孩子能同正常孩子一样受教育，夫妇俩又全力以赴奔走于相关部门和学校，为这些特殊的弱势孩子争取到受教育的机会。

孩子们到家的那天晚上，最小的孩子就发烧38.7摄氏度，王振治和妻子心急如焚，给他量体温、敷毛巾、擦酒精、照顾吃药，直到凌晨4点孩子体温正常才安心睡下。他和妻子抚养这4个孩子的艰辛历程便这样开始了。

在这之前，王振治一家的日子过得非常悠闲。因为女儿在外地上大学，他们夫妻俩经常晚上散散步、周末登登山。自从这4个孩子进入他们家后，这份悠闲就被彻底打破了。晚饭后散步要拉着聋哑的临丹军和安旭阳，推着脑瘫的曲小辉，还要照应好动的弱智儿安恩阳。看电视时，先尽着爱看动画片的安恩阳。两人热爱的登山活动也不得不牺牲掉，因为周末家里有一堆的家务等着他们去做。

其实这些都不算啥，糟糕的是每天晚上都不能睡个囫囵觉，如果他们两口子哪一个晚上没有及时叫孩子们起夜，那第二天肯定就会看到孩子们画好的"地图"或是拉在床上的粪便。没办法，王振治和妻子只好轮流值班，设定好时间，每天晚上0点和半夜4点多叫孩子们起来上趟厕所。

一天中午，孩子们午休起床后，王振治给他们分水果，临丹军躺在床上用手接过了水果，当时王振治也没太在意，结果等他返回房间给他们收拾床铺时，临丹军还躺在床上吃水果，王振治一揭凉被，臭气熏天。原来临丹军拉在了床上，短裤、T恤、被子、床单、身上、腿上沾的全是屎。王振治赶紧把丹军抱下床，打了一盆水带她到外面去洗。恰好楼上的邻居看到了这一幕，感慨道："好人啊，真没想到你们两口子竟带的是这样的娃，真是太辛苦了。你们的这种爱心行为一般的人真是难以做到。"

2009年9月，妻子因长期劳累患上了甲状腺肿瘤，需要住院手术。王振治请了假，一边照顾妻子，一边照看孩子，买菜、做饭、收拾房子、洗衣服、给孩子洗澡，一天4趟接送，晚上还要辅导孩子作业、

王振治和妻子、孩子们

做按摩等。20多天下来，整整掉了8斤。上大学的女儿得知妈妈的病情后哭着问王振治："爸，妈身体不好，咱家也不富裕，还要照顾几个弟弟妹妹，你承受得住吗？"王振治的身体也不是铁打的，也有劳累的时候，但他下定决心：不能抛弃他们，不能让4个孩子第二次成为孤儿！他要教他们学会生存本领，让他们得到与常人同样的快乐和幸福！这成为王振治夫妇对孩子们不离不弃的精神支撑。

他们对孩子无微不至的关爱也深深地感动了小区里的人们。一个到女儿家串门的阿姨见他们给孩子理发，知道他们带的是福利院

王振治照顾孩子们

的残障儿童后,第二天给孩子们送来了两套棉衣。一位不知名的女士看到他们对孩子们这样的关爱,亲自拿着两双儿童凉鞋给孩子们送到家里,当他要给钱时,那位女士说:"你们付出了这么多的爱,确实感动了我,我给孩子们两双鞋算什么,你要给钱的话我就再不来了。"

"古语道'受人滴水之恩,当以涌泉相报',我收养了4个残障孩子,期待他们长大之后能够独立生活,尽自己最大能力帮助其他需要帮助的人,以他们自己的实际行动奉献社会、回报社会。"这是王振治对孩子们的希望。他认为,被帮助过的人一定要有感恩之心,除了报答恩人之外,他们更应该靠自己的力量帮助别人,让爱心不断延续,这样,愿意奉献的人会越来越多,我们的社会将是充满爱的。

王振治收养4名残障儿童的事迹被中央电视台、《法制日报》、《人民公安报》等各大新闻媒体报道后,在社会上引起了强烈反响,他被群众称作"交警爸爸"和"感动哥"。王振治被评为"西安市十大道德模范""第二届感动古城十大民警""新城区扶残助残模范""第三届全国道德模范",获得"市交警支队爱民为民特别贡献奖"等。

03 贾合义
诚实守信的追梦人

贾合义，西安爱菊粮油工业集团党委书记、董事长、总经理。他用优质服务、诚实守信，创造了良好的企业信誉，为营造诚实守信、干干净净的市场环境做出了表率。他先后被评为"西安市劳动模范""陕西省劳动模范""陕西省粮食行业优秀企业家""全国粮食行业优秀企业家"等，2013年入选第四届全国道德模范候选人。

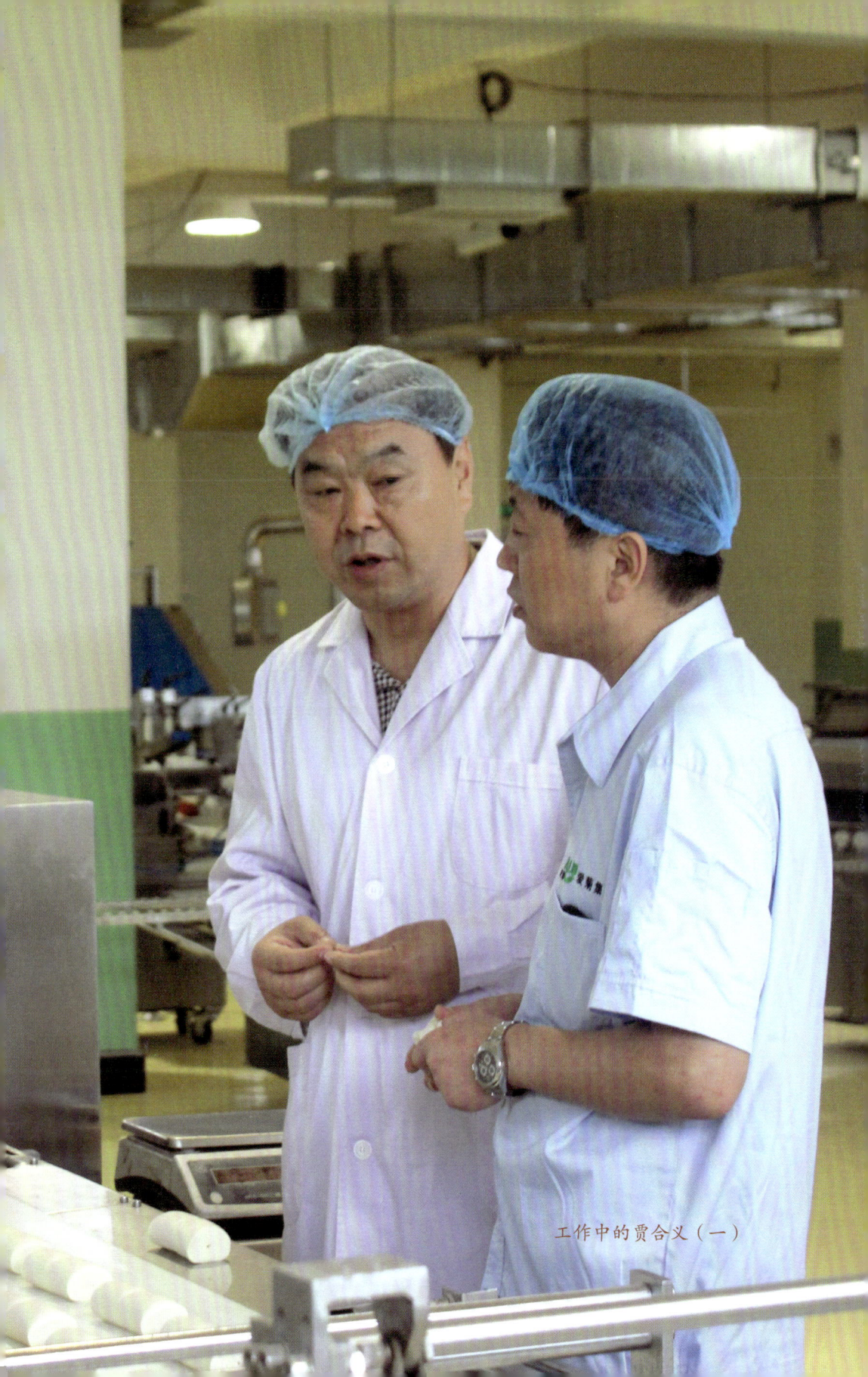

工作中的贾合义(一)

贾合义，男，1957年2月出生，河南省扶沟县人，1987年加入中国共产党，1993年任西安市群众面粉厂厂长，1998年起任西安爱菊粮油工业集团党委书记、董事长、总经理。任职以来，他带领职工对企业生产经营进行全新变革，成功实施了西安市"放心馒头""放心豆制品"工程，被省、市领导誉为"全省粮食行业的一面旗帜"。他2000年被评为"西安市劳动模范"，2002年被评为"陕西省粮食行业优秀企业家"，2007年被评为"陕西省劳动模范"，2010年被评为"西安市诚实守信道德模范"，2011年被评为"全国粮食行业优秀企业家"，2012年被评为"陕西省诚实守信道德模范"，2013年入选第四届全国道德模范候选人。

1997年，因不参与价格战，不以次充好，群众面粉厂的面粉年销量由300万袋锐减到不足100万袋；2003年和2004年，因渭南水灾和"非典"引发市场抢购风潮时坚持不涨价，企业利润损失了近200万元；2009年，因不降低品质、不提高价格，"放心馒头"工程连续7个月亏损运营，损失将近200万元……这些都是西安爱菊粮油工业集团的当家人贾合义为诚信所付出的"代价"。"贾合义疯了、老贾在作秀、老贾想当官了"，经常处于"风口浪尖"的他从来没有停止过被质疑。然而，无论外界怎么评价，老贾的心中始终有"一杆秤"——"做粮食就是在做善事、做良心，任何漠视食品安全的行为都是在漠视生命"。

"群众厨房好！"家住西安市西郊团结中路的王广琦像往常一样锻炼完，走到社区门口的群众厨房，随手带上一袋松软的"放心馒头"时，这样对销售人员说。像这样的来自老百姓的好评太平常不过了，但在爱菊粮油工业集团董事长贾合义听来，普普通通的5个字，字字沉甸甸，字字透深情，它们饱含着他永不停息的追求，渗透见证着他对诚实守信的执着守候。

随着改革开放和经济发展，人民群众逐步从求温饱向吃得健康、吃得营养、吃得放心转变。1997年，粮油市场全面放开，走向市场经济。为了追求利益的最大化，市场上出现了一些加入伪劣添加剂、增白剂、吊白块等的"不放心"粮食产品。"1997年，西安市共有400家粮食生产企业，竞争激烈的程度可想而知。"贾合义回忆起当年的场景感慨万千地说，"市场最常用的手法就是以次充优，用价格战赢得群众的购买力。"

在这种形势下，作为老字号国有企业的西安市群众面粉厂，面粉年销量从300多万袋一下降到了100多万袋。"随大流还是坚持质量，我们面临着选择。"时任厂长的贾合义说，"良心和责任让我选择以质量求生存，不能让老百姓吃不放心的面粉。"说着容易，做着难。在打拼市场的那一个个不眠的日日夜夜里，贾合义眼睛红了，衣服肥了，白发多了，腰身弯了，但他一个信念心头装，一张蓝图干到底。

贾合义首先在全市建立粮油直销网络，在全国率先提出放心粮油产品，推出爱菊放心粮油系列产品，并和职工一起放弃休息，进入社区宣传添加剂的危害。"健康从爱菊米面油开始。"贾合义对百姓许下承诺，并说到做到。产品质量就是企业的生命，把粮油产品的安全放心贯彻到底，贾合义一笔一笔书写了华美的篇章。他对企业粮油生产线进行升级改造，投资300多万元购置先进的质量检测设备；建立优质小麦生产基地，还在东北等地建立优质稻米生产基地，在新疆、青海等地建立油料生产加工基地；建立各种质量制度、追究制度，全面保障了米、面、油产品的质量安全。

2009年春节前夕，西安市粮食局全面实施"放心馒头"工程。作为龙头企业的西安爱菊粮油工业集团一马当先，担当起了社会责任，掀起了主食产业化革命的新篇章。

当贾合义决定上馒头生产线的时候，压力接踵而至，各种议论和阻力不绝于耳。后来有人问起他当初的感受时，他深情地说："企业走到今天，不是我贾合义有多大本事，全靠党的好政策，全靠政府对企业的支持，全靠社会各界和老百姓对企业的信赖。作为一名受党教育多年的老党员，良心和责任激励我义无反顾。"贾合义亲自带队，先后多次前往杭州、上海等地考察调研，行程3万多公里。只要一有空，他就深入车间，和工人们一起研究探讨设备改进工艺，经常忙到晚上两三点。在他的影响和带领下，集团仅用了4个月的时间，就研发建成了全国第一台也是最大的日消化面粉1000袋的馒头自动化生产线，每个环节都严格把关，保质保量，一袋袋"放心馒头"源源不断走向市民的餐桌。

无论在全市哪一家群众厨房销售点，被问到的顾客都会这样说："从群众厨房里买来的馒头没有增白剂和增筋剂，我们吃着放心。政府为百姓办了件大好事。""放心馒头"工程启动实施至今，不仅为群众提供了便利，还有效扩大了社会就业，增加了就业岗位，带动了粮油食品深加工以及相关多个行业的发展。情为民所系，利为民所谋。"放心馒头"工程的实施，为西安成为最具幸福感的城市增光添彩。

为承担社会责任，替政府分忧解愁，爱菊集团积极开拓新的放心食品领域。2012年，"放心

工作中的贾合义（二）

豆制品"工程基地在西安市北郊建成,销售网络覆盖全市,老百姓在家门口就能买到绿色无公害的豆制品。

从面粉到米、油,从馒头到面条等主食系列,从豆制品到干净蔬菜的配送,贾合义的心中装有一间巨大的百姓厨房。

"只要是老百姓餐桌上的食品我们都要做。"展望未来,贾合义满怀信心。近年来多家爱菊主食快餐店正式开张,群众在家门口就能吃上放心早餐和快餐。同时,爱菊还将深入开展进农村、进社区、进超市、进高校、进军营、进中小餐饮企业活动,让"放心"延伸到每一张饭桌上。

在爱菊,以贾合义为首的党员带头争创佳绩,关注公益。"非典"时期,市场出现抢购苗头,贾合义立即向市场投放面粉6万袋、食用油15万千克,确保了社会稳定。安康、商洛、华阴水灾,汶川、玉树地震,都能看到爱菊人的身影。

食品安全重于天,面对巨大利益的诱惑,贾合义选择的是诚信!古人云:"经营之道在于诚,赢利之道在于信。"诚实守信既是做人的基本道德准则,也是企业搏击市场赖以生存的前提。贾合义守护着诚信,守护着百姓的安全,守护着做人的良心,用优质服务、诚实守信,创造良好的企业信誉,为营造诚实守信、干干净净的市场环境做出了表率。

如何理解诚实守信?贾合义说:"是做该做的事,老老实实做人,诚诚实实做事!"说起贾合义,知道的人不多,但说到"爱菊",说到"群众厨房",很多西安市民都会竖起大拇指,那竖起的大拇指意味着安全、放心和信任。

贾合义,始终坚守"粮食企业就应日常保市场供应,关键时刻保应急供应"这一社会责任,团结和带领企业职工以实施放心粮油工程为工作出发点和落脚点,走出了一条粮食企业做大做强的新路子。

多年来，在贾合义的带领下，爱菊集团先后被评为"中国粮食行业诚信粮油企业""全国粮食系统先进单位""全国放心粮油进农村、进社区先进单位""国家、省、市农业产业化重点龙头企业""省级文明标兵单位"。从一名普通的面粉厂工人到爱菊粮油工业集团董事长，如今，贾合义头上的光环有很多，但每一个光环都离不开"诚实、守信、负责"，这是他用实实在在的行动做出来的。

在食品安全频频出问题的今天，爱菊不仅依然坚持用良心生产放心粮，更是秉承着"营养、健康、快捷、方便"的理念，将产业链不断延伸扩大，做到"种植、仓储、加工、销售一体化"。不仅在"放心面、放心米、放心油"上继续努力，还研发了绿色无添加剂的豆芽、豆制品等等一系列的爱菊放心粮产品。在豆芽生产、面食生产等方面贾合义带领爱菊进行了大胆的尝试和创新，现在，爱菊的和面设备和扯面生产线在全国独一无二，并且已经申请专利。爱菊企业还制作了《爱菊健康饮食手册》。爱菊每一步的成长，都离不开贾合义的心血和对诚实守信信念的坚持。

贾合义不断强调："做食品安全，实际上是良心活，这既是粮油企业的底线，也是我们的生命线。"对于他，食品安全已经成为一种融于血液的责任和意识。贾合义说："向老百姓提供营养健康、快捷方便的食品，是我们粮食企业神圣的职责，也是我们应该做的。"

作为"爱菊"的当家人，贾合义向往菊之品洁，志在香满古城。在为百姓食品安全奋斗的征程中，贾合义还会提供更多、更丰富、更放心的粮油产品，让百姓的健康从食品安全开始。

04 沈星
舍己救人的年轻军人

沈星，上尉军衔。2012 年 5 月 13 日，沈星在山东青州为救一名落水男孩，献出了年轻而宝贵的生命。沈星牺牲后，被追授"中国青年五四奖章""陕西青年五四奖章""山东青年五四奖章"，被评为"山东省见义勇为先进分子""第二届陕西省见义勇为道德模范""第三届全国道德模范"等。

身着军装的沈星

沈星，男，中共党员，1981年6月生，陕西省西安市阎良人。2000年9月入伍，上尉军衔，原第二炮兵士官学校（现为士官学院）训练部函授与实习管理科副营职参谋。2010年9月起，在位于武汉的第二炮兵指挥学校脱产攻读硕士研究生。沈星在单位是优秀干部，2012年年底就能研究生毕业。5月11日，他向学校请了两天假，专门回青州单位调研为毕业论文收集资料，本来准备2012年5月13日晚上赶回学校，回程的火车票也已买好。

2012年5月13日上午，沈星与妻子带着3岁的女儿路过山东潍坊青州市区南阳河边时，恰逢初一学生王鸿昊不慎落水。"救命啊！快救人……"一名小男孩急切地发出求救声。循声而来的年轻军官沈星顾不上给妻子和女儿叮嘱几句，本能地松开了拉着妻女的手，迅速脱掉外衣，就纵身跳入冰冷的河中去救人。他一次次奋力将男孩托出水面，但因河堤湿滑，男孩又一次次重新滑落水中。年轻军官最后拼尽全力，将男孩成功拖向岸边，男孩得救了，而沈星却因耗尽体力沉入水中……

第一时间赶到现场的公安民警、消防官兵和热心市民立即展开营救，沈星所在部队的官兵也赶来救援。11点15分，沈星被救上岸，令在场所有人惊讶不已的是，他的右手臂竟然还保持着向上托举的姿势。医护人员在现场进行了紧急抢救，后又将沈星送往医院，但因溺水时间过长，所有的努力都没能挽留住英雄离去的脚步，31岁的年轻生命陨落了。

沈星牺牲后，中共团中央、全国青联追授他"中国青年五四奖章"，共青团陕西省委追授他"陕西青年五四奖章"，共青团山东省委追授他"山东青年五四奖章"；他被授予"山东省见义勇为先进分子"和"潍坊市见义勇为先进分子"荣誉称号，被共青团西安市委追授为"杰出青年卫士"，被第二炮兵工程大学政治部追认为革命烈士，陕西省委宣传部、省文明办、省总工会、共青团陕西省委、省妇联联合发文，追授沈星为"第二届陕西省见义勇为道德模范"。

一生在乐于助人中度过

沈星上小学时担任班长，学校组织学雷锋活动，当其他班级还在讨论做什么的时候，沈星就已经带着全班同学来到盲人沈爷爷家里。到沈爷爷家里以后，大家发现沈星对老人家里的陈设很熟悉。老人告诉同学们，沈星每周都来家里帮他做家务，扫地、提水、洗衣服样样在行。沈星就这样默默地坚持了很多年，一直到老人去世。

从小就有一副热心肠的沈星，大学考入军校，所在的军事交通学院学员11队恰恰也是秉持"雷锋班"光荣传统的先进集体。沈星是学雷锋的带头人，经常带头去敬老院探望老人，一有时间就去给老人打扫卫生，陪老人聊天。有一位90多岁的田奶奶，因为年事已高，有些痴呆健忘，但只要沈星和他的战友们去了，她就能认得；沈星不去，她还会一直念叨。

正是这样一个始终乐于助人的沈星，在男孩落水生命垂危的时候，没有片刻的思考，纵身一跃，用自己的生命换来了他人的重生。

一生始终将责任放在肩头

沈星的家在西安市阎良区凤凰路街道新跃村，父母都是地地道道的农民。沈星家里条件不是很好，当年，父母为了供他和哥哥上学，除了种庄稼之外，还养起了猪。自那以后，沈星就给自己安排了一项新的任务——割猪草、捡西瓜皮。与沈星父母非常要好的张行道老人说："当年，别的孩子放学了都出去玩，而沈星要么在地里割草，要么就在街道上捡西瓜皮。"

在家里，沈星尽到了作为子女要为父母分忧的责任；在学校，沈星亦担起了本不属于他的责任。

沈星在阎良二中上初中的一个冬天，教室的门因年久失修，关不牢，风一吹就响，凉风直往教室里灌。沈星悄悄从家里带来榔头、钉子和一块自行车内胎，等放了学，同学走得差不多了，他就给门框钉上车内胎。经过他的一番修理，教室门能关严实了，凉风进不来了。沈星的班主任说，这样的小事，沈星做过很多，自己却从来不说，也不让别人说。

在部队，沈星更是一个尽职尽责的排头兵。

"老老实实，踏踏实实，扎扎实实，他就是这样一个人。"沈星的领导王铭涛给出了这样的评价。2011年夏天，王铭涛所在的科室承担了一项大型活动，科里现有人手明显不足，在武汉读研究生的沈星得知此事后，立即主动申请回到科里，利用暑假全程帮忙。"按道理他当时读研是完全脱产的，可以自由支配时间。"王铭涛说，"他来了，心里就有底了。"

沈星在他短暂的一生中，始终将责任担在自己的肩头，南阳河畔的紧急关头，他用实际行动履行了一名军人的神圣职责。

一生用行动践行入党誓言

沈星2000年9月入伍，2001年12月就光荣地加入了中国共产党。沈星的台灯上挂着一个吊牌，上面有他写的这样一句话："什么是共产党？共产党就是一种精神，一种感召，把优秀的人、高尚的人凝聚在一起的力量！"

沈星是一个纯洁的人。在军校担任区队长期间，有一天上课前，他拿出一个饭盒给区队同学们看，饭盒里是被同学们扔掉的碎馒头。"咱们区队100多人，80%的同学父母都是面朝黄土背朝天的农民，是靠种庄稼供咱们上学的！"他口气中除了气愤还有心疼。在场的100多位同学，以及站在同学们身后的教员都沉默了。"我不知道你们是怎么想的，反正我现在对自己的生活很知足，特别感激父母，所以见不得大家浪费这些爹娘辛辛苦苦种出来的粮食！"说着，他做出了让全体学员至今难忘的举动：一边哭着，一边大口地把那些馒头一块接一块塞进嘴里。泪水顺着他的脸颊流进嘴里，伴着正咀嚼的馒头一起咽下。

沈星是一个乐于奉献的人。2008年前后，在全军学习勇救落水群众英雄军人孟祥斌时，一次聊天让战友李良玺永生难忘。"有一天，我俩聊天，我说孟祥斌真厉害，我不会游泳，碰到这种情况就不知道应该怎么办了；沈星说他水性不太好，但他碰到这种情况一定会跳下去救人。"时隔4年多，这次不经意的聊天，却在冥冥中成为沈星最后一次履行军人神圣使命的庄严承诺。

沈星，这个纯洁的人，这个勇于奉献的人，当人民群众的生命安全受到威胁时，用英雄的壮举展示了一名共产党人的崇高品质和革命军人的赤胆忠心，用自己年仅31岁的生命践行了"随时为党和人民牺牲一切"的庄严誓言。

南阳河畔，你用双手托起了生的希望；阎良故土，你的英名感动了父老乡亲；你用年轻的生命在中华大地写下壮歌，你用绿色的身影为航空之城树起了丰碑。你31岁的青春，化作航空城最亮的那颗星，光耀人心、感动天地！你就是舍己救人的三秦英雄——沈星！

05 丁水彬
无怨无悔照顾病重亲人

丁水彬，西安市雁塔区红专南路社区居民。她的丈夫失明、公公瘫痪、婆婆重病。多年来，她悉心照顾家人，无怨无悔，不离不弃，用爱为这个不幸的家庭撑起了一片晴空。丁水彬先后荣获"陕西省十佳儿媳""西安市第七届文明市民标兵""十大孝子"等称号，并被评为"第四届全国道德模范"。

全国道德模范丁水彬事迹报告会现场

丁水彬，女，1971年12月出生，西安市雁塔区红专南路社区居民。

丁水彬出生在四川山区农村，自幼家境贫寒，父母患病，无钱医治，先后离开人世。她10岁时被姨妈领养，为了养家糊口，13岁就开始跟随姨父闯荡社会，当过裁缝，摆过小摊，卖过蔬菜，卖过豆腐脑。苦难的童年与生活的磨炼，培养了她勤奋、简朴、善良和诚实的品德。

1999年，她在石油仪器总厂家属院摆地摊，因为心地善良、待人诚实，石仪总厂退休职工王玉奎的儿子王健宏爱上了她，两人最终走到了一起。王健宏的父亲王玉奎年近七旬，高位截瘫，卧床已30多年，生活无法自理，一切需人照料；母亲梁秉兰多年来照顾丈夫积劳成疾，多病缠身，曾动过两次大手术，险要性命。在丁水彬与王健宏谈婚论嫁的时候，周围就曾有好多人劝丁水彬要慎重，一辈子的大事，轻率不得；这家人倒很好，就是老头儿是个瘫痪多年的病人，以后少不了端屎端尿、服侍老人。丁水彬也思索过，但仔

丁水彬风采

细一想,人都要老,有病谁都难免,自己年轻,出点力又算得了什么? 况且,他们一家人心善,是真心待人。就这样,没有排场的酒席,没有洁白的婚纱,没有张灯结彩,没有蜜月旅行,只有公公婆婆的笑脸和两张鲜红的结婚证书见证着他俩的幸福。

和睦一家人　生活特幸福

婚后,白天丁水彬照常出摊做裁缝,回家之后,就帮助婆婆照料公公。因公公大小便失禁,尿湿裤子、屎沾褥子是常事,天天都要洗两三大盆,还是经常不够换,丁水彬便用自己的裁缝手艺,给公公缝制了十几条宽松舒适的内外裤,又一口气做了8条尿褥子,以便轮换使用。为保持室内空气新鲜,一天至少开窗通风两次,屋内始终保持清洁卫生,来过的人都说家里不像是有病人,这样清洁整齐、没有臭味,真不容易。遇上好天气,丁水彬还经常推着公公到室外晒太阳、看街景、逛公园,让他也感受城市变化、看看城市新面貌,开阔一下心胸,活跃一下生活。在婆婆的指导下,丁水彬很快就学会了做公公喜欢吃的饭菜,每周都换着花样做饭。公公牙都掉光了,所以她每次都单独给公公做得又细又软、又热和又熟烂。

俗话说,铁勺难免不碰锅沿,一家人也难免有磕磕碰碰。婚后不久,丁水彬发现公公一不顺心,不是几天不与人说一句话,就是哭哭啼啼,或者见谁说谁,一家人不知道如何是好。丁水彬是个当儿媳的,更不知道该怎么处理。有一次,公公向婆婆发脾气,扔东西,用拐杖打她,丁水彬实在看不下去了,就说了几句:"妈辛苦照料你这么多年,应该对她好点才是,你这样能对得起她吗?"没想到公公对丁水彬大骂:"滚出去,你还教训人!"丁水彬当时心里委屈极了,哭着就跑出了家门。婆婆找到她后,告诉她:"你爸卧床多年，得了抑郁症，一犯就是那样胡来；越是在这个时候，越要多关心他，体贴他，同情他，说些好话，做些好事，推他出去走走。一旦'狂风'过去，他也常常自责，向人认错、赔礼。"听了婆婆的一席话，丁水彬想到公公是个高度残疾的病人，要忍受常人难以想象的病痛折磨，作为晚辈，因为他发脾气就和他计较，真是太不应该了。之后，按照婆婆的经验，公公再出现那种情况，她就主动给公公洗洗头洗洗脚，做点他喜欢吃的，推他到室外晒晒太阳，时间久了公公的抑郁症渐渐好转。

婚后的生活虽然清贫、劳累，但一家人和和睦睦、亲亲热热，丁水彬感觉到生活得很踏实很幸福。

晴天一声雷　　灾难突降临

2002年，不幸又降临到这个多灾多难的家庭，丁水彬年仅33岁的丈夫王健宏因一次药物过敏而双目失明。这真是晴天霹雳，一下把丁水彬击倒了。丈夫失明，公公高位截瘫30多年，婆婆积劳成疾、重病在身，丁水彬又没有工作，家有病人摆不成摊，也就没有了收入。而这一切丁水彬还不能告诉家里人，只能一个人承担。就在这时，周围有许多人以关心的口吻对丁水彬说："水彬，健宏眼难治好，你就愿意陪个瞎子吃一辈子苦？你们现在又没有孩子，趁这机会离了算了。"这些话，没能动摇丁水彬的心。她强忍内心悲伤，擦干眼泪，挺起胸膛，决心当好公公的腿脚、婆婆的臂膀、丈夫的双眼。

为了给丈夫治病，她跑遍西安所有大中医院，求医问药，在西安无法医治的情况下，她又带着丈夫到北京，辗转于同仁、解放军、301、武警等各大医院，自己身体也脆弱到了极点。自丈夫生病，婆婆要在家照顾公公，日夜陪护只能由她一个人承担。她吃不好饭，睡不好觉，半年时间就瘦了15斤，流了一次产，头上也长出了白发。有一天半夜，她在陪护丈夫时，婆婆在家里发病，被120急救车送到医院抢救。她在婆婆的病床前两天两夜没合眼，等婆婆病情稳定后，又以最快的速度回到家，给公公清洗、翻身、做饭，紧接着又匆忙赶往丈夫身边。刚一进门，她眼前一黑，就晕倒在地。丁水彬一个人的时候，任凭泪水在脸上流淌，在心里大喊："老天呀，你救救我吧，我真的快撑不住了！"这时，一个声音在她的内心深处渐渐响起："水彬，你要坚强，你不能倒下，你决不能倒下。"两

勤劳质朴的丁水彬

年间，丈夫住院9次，手术15次，耗费10余万元，荡尽家财，负债累累，可怕的花费使这个家庭变得不堪一击。然而在这个时候，丁水彬没有离开这个家，而是全力以赴地照顾丈夫和两位老人。

护理很艰苦　无怨也无悔

面对家里两个重残、一个重病，丁水彬开始了照顾3个病人的生活。

接替婆婆照料公公的起居是一项艰巨的任务，服侍公公这样的病人，要经常为他擦洗身子，一开始公公总感到不好意思，丁水彬就对他说："你就把我当成大夫，在医院女大夫给男病人看病是常事，我累点脏点没有啥，只要你们一个一个别再出啥事，这就是我最大的福气。"每天早晨起床，她给公公伤口烤电、换药，擦洗下身，洗尿布、尿褥子，每2~3小时再帮助他上一次厕所、翻一次身；公公经常大便干燥，拉不下来，丁水彬就用手掏；有时吃得太多又会拉肚子，尿布尿褥子就得洗几大盆；晚上睡下还要洗涤、消毒尿袋。每一个环节都不能少，一样做不到就会尿路感染或褥疮感染，甚至引发尿中毒、败血症，危及生命。当丁水彬看到这个房子躺一个，那个房子卧一个，心里就有说不出的难受，但也只能硬扛着。当他们一个一个精神都好点时，丁水彬就会陪他们聊聊天，尽量使他们的心情更好一点，把家中的压抑气氛缓解一下。

家里经济状况捉襟见肘，为了省钱，她还学会了打针、换药、理疗烤电、按摩等，老人遇到一些小伤小病，从不请大夫，也不去医院。婆婆肠胃不好，积食肚胀，每天晚饭后，她就尽量陪她外出散步一个小时。几年来，丁水彬还先后自学了内科学、外科学，买了周林频谱仪、哈慈针、拔罐器、六合一治疗机、氧气袋等医疗器械，成了半个家庭医生、优秀护理员。

就这样，丁水彬不离不弃，毅然承担起家庭的重担，用爱为这个不幸的家庭撑起了一片晴空。

家庭虽不幸　温暖如春风

家庭很不幸，但家里每遇困境，都会得到各级政府的关心和社会上相识的、不相识的众多好心人的帮助。丁水彬没工作，政府给她办理了低保；几年来，先后有500多人为他们家捐款捐物；孩子出生后，20多位邻里送衣送物，仅玩具就达百十件；婆婆住院，厂里有50余人自发前往，探视慰问。

在众多好心人的帮助与一家人的共同努力下，丁水彬一家先后被省、市、区授予"五好文明家庭""和谐家庭标兵户"等多项殊荣。公公坚持自学3门外语，撰写60多万字文稿，练得一手好书法，做了不少公益好事，2005年被雁塔区残联授予"身残志坚，自强不息楷模"。婆婆2006年获西安市"十佳好邻居""好公婆"的表彰。丈夫虽然双目失明，但以超人的记忆，为火花收藏事业竭尽自己的努力，被称为"西安火花第一人"。丁水彬先后荣获"陕西省十佳儿媳""西安市第七届文明市民标兵""十大孝子"等称号，2013年她还荣获"第四届全国道德模范"的殊荣。

06 陈若星
创造高龄瘫痪病人的生命奇迹

陈若星，陕西省文化艺术报社总编辑。父亲瘫痪在床 10 多年，母亲患有严重的阿尔茨海默病，自己则是癌症患者。多年来，陈若星一边工作，一边照顾年迈的父母，不仅使老人得到悉心照料，自己也在事业上取得了巨大的成就。她先后被评为"全国优秀新闻工作者""陕西省道德模范""第五届全国道德模范"等。

生活中的陈若星

陈若星，女，1957年12月出生，中共党员。人们眼里的陈若星永远是优雅的、一丝不苟的。她获得"全国优秀新闻工作者"，陕西省"百年三八杰出女性"称号，20次获得"陕西省优秀新闻奖"，11次受到陕西省委宣传部、陕西省文联等部门的表彰，荣登中央文明办"中国好人榜"、"第五届全国孝老敬亲道德模范"……这样的陈若星无疑是优秀的，但这么多荣誉的背后，是一连串常人看起来无法承受的不幸经历。

陈若星的儿子常年在外地读书，唯一的弟弟全家也在外地生活，因而其在西安市的家里只有3口人，而且都是重病患者。

陈若星的父亲10多年前因病瘫痪在床，并逐渐丧失了听力和语言功能，生活完全不能自理，吃喝拉撒全都要有人照顾，陈若星的一天就是从照顾父亲开始的。老父亲的饮食必须依靠一勺一勺地慢慢饲喂打成糊状的流食；老父亲的膀胱造瘘管每天都须冲洗，每周都须更换；老父亲床上的垫褥每天都须更换、洗涤、晾晒、铺垫，铺的时候一个小小的不平整都可能引发褥疮；为了防止褥疮，老父亲每天要翻身两次，之后要全身拍打按摩；老父亲患糖尿病，每餐饭都需极精细地均衡、定量配制，再打成流食；老父亲常年卧床，消化道蠕动缓慢，陈若星就经常一连数小时地为其进行腹部按摩。卧床10余年，老人竟从未患上褥疮……这一切的背后，是陈若星10余年如一日心细如发的精心护理，无数个细节都由她在无数个日子里一一做到了。不久前，91岁的父亲安然辞世。一位身上插着膀胱造瘘管的植物人能够活到91岁，不能不说是一个奇迹。

宽慰照料因高血压中风引发阿尔茨海默病的老母亲，则需要更加惊人的耐心与体贴。因为病症，老母亲经常会喜怒无常，情绪忽涨忽落，阴晴无常。为了保持家庭和谐，使老人在宽松的环境中度日，陈若星每天都不厌其烦地一遍又一遍地安慰老人，提醒她吃药，给

陈若星参加公益活动

她说宽心话,和她一起回忆愉快的事情……甚至同样的话一天要说成十上百遍;冷了为老人加衣裳,热了为老人铺凉席、换毛巾被,脏了为老人洗头洗澡,所有的生活细节,都得事无巨细地把心操到。

去过陈若星家的人都说,陈若星家像个药店,而陈若星就像个医生。每天冲洗膀胱造瘘管,每周换管,父亲颌面脱臼后的复位、清理褥垫、换尿垫,以及为躺在床上的父亲理发、剃须、洗头、洗澡……陈若星做起这些来,俨然一位经验丰富的专业护理师。

陈若星也曾经打算将家政服务员请到家里,同自己一起照顾父母,可多少次家政服务员都是待不了两三天就离开了,受不了照顾两位失能老人的没日没夜的操劳。

"生病的是自己的父母,你却指望别人照顾,确实不太现实。这时候就是需要当女儿的付出了。"从此,陈若星打消了请人照顾父母的念头，一心一意凭自己让父母保持良好的生活质量。

2008年汶川大地震发生时，陈若星第一时间赶到了陕西重灾区宁强。白天，她踩在余震频发、残砖碎瓦遍地的泥地上，冒着砖瓦飞石不时袭来的危险，在防震棚里采访；深夜，她回到驻地整理资料，平复心情，然后开始彻夜赶写稿子，在第一时间传回报社。

在震区度过了7个不眠不休的日日夜夜，她忘我地拍摄了上千张照片，发表了50多万字的报告文学和通讯。这些成果被无数媒体转载后，灾区的真实情况得到了最原始、最及时的呈现，陈若星因此荣获了"全国新闻出版行业抗震救灾先进个人"荣誉称号。

但繁重的工作背后，是对身体的透支，从汶川地震灾区采访回来后，陈若星被确诊为乳腺癌。此刻，她想到了学医的儿子说过的话："任何疾病，尤其是癌症，要抓紧在第一时间尽早治疗，有时早治疗一天结果都不一样。"她知道，这个手术到了非做不可的时候了。

陈若星照顾老人

陈若星瞒着父母开始了乳腺癌的治疗。而一直蒙在鼓里的母亲在偶然得知陈若星因癌症住院后，竟高血压病发，倒在了地上。当时正在接受化疗的陈若星得知后拔掉针管，跑到医院门口接救护车。

母亲被送到抢救室不久，医生就下了病危通知书……虚弱的陈若星拿着单子不停地在医院里穿梭着，挂号、交费、取药、排队做CT、给母亲更衣喂水……这一夜，在重症监护室里，重症的陈若星守着病危中的母亲，一夜都没有合眼。第二天母亲醒来后，看见女儿便抱住她大哭起来。

母亲的病情刚刚有所缓解，亲戚又从家里打来电话："若星，你爸他高烧40度！"紧接着，父亲也被送进重症监护室，又一张病危通知书递到了陈若星的面前……

就这样，西安交大二附院同时住进了他们一家三口，两个病危、一个癌症。化疗完成后，陈若星顾不上自己止不住的呕吐及深入骨髓的剧痛，在楼上楼下步履蹒跚、晃晃悠悠地忙碌着，咨询医生，联系护工，为父母端馄饨、送稀饭、喂水果、换床垫……在她的精心照料下，父母病情缓解，脱离危险，先后出院，而她又留在医院里继续着痛苦的化疗……

病情得到控制出院后，每到黎明时分，陈若星就如同往常一样，起身开始为全家人准备一天的饭菜。因为父亲同时还患有糖尿病，她便摸索出了一套适合全家3个病人的营养餐谱。

每天，作为"必修课"，陈若星忙完厨房的活儿，接着就要为父亲放空尿袋，换上干净被单，用热毛巾擦洗身体，再做全身恢复按摩……这些针对瘫痪老人的日常护理，十几年下来，陈若星已经做得非常娴熟。之后，她再用手中的木梳，理顺母亲凌乱的华发。阿尔茨海默病虽然使母亲幻视幻听、精神紊乱，但女儿一次次深情的呼唤，还是能够让老人清醒许多。

陈若星作品

这些年，陈若星心怀大爱、苦心经营，不但把儿子培养成了品学兼优的医学博士，而且让躺在病床上尚有生命体征但无法正常交流的父亲一直保持着较好的生存质量，同时也让每天幻视幻听、思维错乱、无休止折腾的母亲得到了很好的照顾。

多年来，当你看到陈若星在夜晚的书桌前伏案疾书时，在文化论坛上侃侃而谈时，在其作品中娓娓道来时，在领奖台上光彩照人时，在与病魔抗争顽强不屈时，在因出色的工作成绩被各级领导部门屡屡赞誉时，你真的很难想到，在这一切的背后，陈若星为家中老人所付出的一切。洗洗涮涮、端屎端尿、喂汤喂饭、递水递药、细心呵护……她支撑着自己与癌症拼搏的身躯，常年在医院、单位和家之间往返奔波，赢得了周围人的尊重和赞誉。

她的故事，宛若韩国电影《世界上最美丽的离别》，唯一不同的是，电影中的女主人公有一个不争气的丈夫，而陈若星则是孤身一人。她尤为喜爱这部影片，因为那位饰演阿尔茨海默病患者的老人入木三分的表演，使她感同身受。

一个作家，应当是"读万卷书，行万里路"。孝行，让陈若星无法去"行万里路"，唯有"读万卷书"。只要有一点点时间，她就会去读书和写作。就是这种抽空式的写作，让她居然累积了300余万字文稿。

著名作家陈忠实说："陈若星的审美倾向和精神坚守，不移不易，可见其清醒和冷静，还有操守，非此都难以10年里愈加坚定的精神守护，尤其是在恶俗泛滥的时代里。"

"我们不应为一片叶子的凋零惋惜，而要用热情去歌颂它给这个秋天所带来的静美。"陈若星喜欢这句话，如她的人生态度——笑对人生。

07 郝世玲

百姓心中的郝大姐

郝世玲，劳动南路派出所社区民警。她凭着对人民事业的赤胆忠诚和执着的"凡人善举"，赢得了辖区百姓广泛的尊敬和拥戴，被群众喻为犯罪分子最怕、人民群众最亲的"郝大姐"。她先后被评为"全国优秀人民警察""全国爱民模范""全国特级优秀人民警察""陕西省道德模范"等。

郝世玲风采

郝世玲，女，汉族，1961年6月出生，陕西清涧人，中共党员。1978年8月参加公安工作，1987年10月至今，任西安市公安局莲湖分局劳动南路派出所社区民警、副调研员、一级警督警衔。

郝世玲一直奋战在公安基层一线。她没有豪言壮语，却以情系百姓、守护民安的职业操守探索出了"1+3"社区管理综合治理模式；以关爱他人、助人为乐的道德情怀创立了"三个7"矛盾纠纷联合调解机制；以诚恳待人、信守承诺的为人品格建立了流动人口服务管理模式；以勤思笃行、忘我奉献的敬业精神开创了两学一做"三个一工作法"等一系列"尚德尽责、至美真情"的社区警务工作新模式，织就了一张社区警务"平安网"，把民航社区警务室打造成了上级认可、同行钦佩、群众欢迎的"家门口"派出所，用点滴之行、平凡之举传递着向上向善的大爱力量，以丰润的道德滋养为辖区百姓撑起了一片平安祥和的蓝天。她先后荣获西安"感动古城的十大民警"、省市"优秀巾帼警官"及"模范社区民警"、陕西"三八红旗手"、"全省公安机关汪勇式民警"、"全省人民满意公务员"、"全省优秀共产党员"、"陕西省道德模范（敬业奉献类）"、"中国好人榜——敬业奉献好人"、"全国公安机关爱民模范"、"全国三八红旗手"、"全国先进工作者"等荣誉称号，荣立个人一等功1次、二等功1次、三等功3次。2015年9月3日受邀出席观看纪念抗战胜利70周年天安门广场阅兵式。2017年5月19日，她被公安部授予"全国特级优秀人民警察"荣誉称号，受到习近平总书记、李克强总理等党和国家领导人的亲切接见，并作为"全国公安机关英雄模范立功集体先进事迹报告团"成员，赴全国巡回报告，受到省委和市委主要领导的亲切接见。在平凡的岗位上，郝世玲凭着对人民事业的赤胆忠诚和执着的"凡人善举"，赢得了辖区百姓广泛的尊敬和拥戴，被群众喻为犯罪分子最怕、人民群众最亲的"郝大姐"。

真情换真心 警民一家亲

郝世玲常说："社区是民警的一面镜子，社区警务工作的好坏都会在这面镜子上得到真实的反映。"工作中，她坚持以群众满意为工作标准，时刻把群众的安危冷暖挂在心头，用真情换真心。

为了掌握辖区情况，郝世玲带着台账本挨家挨户地走访。起初，群众并不买她的账，都在观望郝世玲能否把困扰社区平安的大病难疾解决。调查走访中，郝世玲了解到群众的"心头病"后，下功夫摸清辖区所有吸毒人员的情况，在派出所的支持下，把摸排出的20个"烟民"全部送去戒毒所戒毒，使社区发案率直线下降，居民连连拍手叫好，都夸郝世玲不简单。有了服务群众的真心，群众的门就越来越好进。从那时开始，郝世玲就在民航社区开始了没日没夜、不分节假日的社区警务工作。多年来，郝世玲积累了60多本工作台账，做到了对社区情况"心中有数"。

2008年3月，咸阳国际机场接到一个匿名电话，声称候机楼被安放了定时炸弹。作为民航社区民警，郝世玲也参与了该案件的侦破工作。当专案组民警将嫌犯录音播放给郝世玲辨听时，她脱口说道："肯定是他——'刘大根'！"随即带领专案组民警将刘某抓获。事后，市局专案组同行深有感触地夸赞郝世玲："以前只听说郝大姐的基本功扎实，百闻不如一见，这次终于领教了！佩服！"

居民郑晓萍一家人靠郑晓萍微薄的退休金度日，她有一个26岁的脑瘫儿子，为儿子操碎了心。了解到郑晓萍的困难，郝世玲经常去探望这个困难的家庭，提供一些力所能及的帮助，帮助求医问药、整理家务，还专门在社区为郑晓萍找了一份月收入1800元的工作。郑晓萍感激地说："这些年，真的非常感谢社区民警郝大姐，她是个热心为民的好警官，要是没有她，我想象不来我的生活会变成啥样！"

在热心为群众排忧解难的同时，郝世玲注重做好重点人员的帮教工作。她把失足人员当作患病的病人，用心融冰，用情化石，引导他们积极向上，回归社会。46 岁的冯某原本有个幸福的家庭，可染上毒品后，不但将家里的积蓄全部花光，还经常靠盗窃、敲诈来筹集毒资，不堪忍受的妻子跳楼自杀。冯某劳教回家后，万念俱灰，自暴自弃。郝世玲与冯某推心置腹，帮助其放下心理包袱，树立生

工作中的郝世玲

活的信心；又张罗着为他开了个修车铺，帮助冯某和女儿上了户口；还托人给冯某介绍对象，使冯某一家重新过上了正常的家庭生活。冯某的女儿大学毕业上班后，专程带着男友到派出所看望郝世玲。她逢人就说，没有干妈"郝大姐"，就没有他们一家现在的幸福生活。

多年来，郝世玲把社区当成了家，扎根警务室，深入社区，为群众排忧解难。"警民一家人，为民解忧难，做好社区群众的贴心人"成为郝世玲的口头禅。在民航社区，不论男女老少，不论常住人口还是外来人员，几乎没有人不认识郝世玲。小区居民把警务室里这个"贴心人"认作自家人，都亲切地称她为"郝大姐"。

创新社区警务　打造平安家园

在郝世玲看来，社区警务工作不是做表面文章，而是要发扬钉子精神，持之以恒地把问题整改到位，把工作落到实处。近年来，民航机构调整，造成民航社区这个老旧的"大杂院"原有安保队伍锐减，门卫形同虚设，外来人员、车辆随意出入，导致各类案件频发，一度成为市局挂牌的高发案社区，群众意见很大。郝世玲看在眼里急在心里，下决心扭转这种局面，还辖区百姓一个平安家园。

探索创建"1+3"社区警务工作模式

重压之下，郝世玲哭过好几次，但抹掉眼泪，她又一家一家地跑单位、跑企业，软磨硬泡地协调经费、充实安保力量。经过她的不懈努力，在分局、所里和社区、民航单位支持下，推动成立了西安民航基地管理有限公司，民航单位派干部充实社区组织，社区经社会招录，组织了一支80余人的保安队伍，创新出一种以公安为主导、以企业为支撑、以社区为基础的"1+2"社区警务工作模式。此后，她又坚持"以网络为平台"，通过做实做强社区警务微博、微信的"微警务",使"1+2"走向了"1+3"。在她的积极协调下,民航基地公司在小区3个大门处分别安装了车辆道闸系统,实现了一卡一车、凭卡出入管理;在易发案区域安装了54个摄像头,在小区中心成立了监控室,实施24小时值守;配置了巡更系统和相关装备,使巡更地点遍及社区各个角落。郝世玲还在社区居民中物色了30余名工作热情高的治安联防员。在她的努力下,民航社区史无前例地架起了"空中巡视网、楼域防控网、社区巡逻网、门禁监控网、手机短信防骗及电子治安宣传网"等安全防范新举措,治安形势明显好转,至今可防性案件已连续多年实现零发案。

积极建立"三个7"矛盾纠纷联合调解机制

遇到问题敢于迎难而上,创新方式,依法化解矛盾,实现社区和谐、群众满意,一直是郝世玲的工作风格。针对社区民航系统人员较多、矛盾纠纷易发的实际情况,她积极协调分局法制科、劳动南路派出所、机场公安分局、西北民航公安局、莲湖区法院、司法局、民航公安局综治办等7家单位,提供法律援助,通过西部民航机场集团、西北民航管理局、西北民航空管局、西北民航油料公司、兰空家属院、东航西北公司、省航空运动学校等7家单位机构的协助,并联系区信访局、西关街道办、民航社区、社区老党员、社区知名人士、社区巡逻员、社区中心楼长等7种力量积极参与,协调创建了辖区公检法司等7个部门、7家企事业单位和区政府、街办、社区参与的"三个7"联合调解矛盾纠纷机制,并专门设立了社区联合调解室,遇到疑难问题"现场办公",着力化解各类矛盾纠纷。

社区公园天下小区32名保安因物业拖欠工资集体罢工,郝世玲就把各方请到联合调解室,经与东航物业公司及区劳动部门多次协调,矛盾得以及时化解。为此,上海东航公司特意制作了一面锦旗,

郝世玲看望老人

送到派出所,以表谢意。近两年来,她累计化解各类疑难矛盾纠纷32起,使社区实现了零上访。

大力推进"9种力量"进社区

郝世玲立足警务室平台,建立起了暂(寄)住人口便民服务岗、访评便民服务岗、外籍人员登记服务岗、治安防控巡逻服务岗、扶贫帮困服务岗等5个便民服务岗,积极推进消防、交警、住户微博及QQ群等"9种力量"进社区,把民警的办公桌移到了社区群众的家门口，最大限度地打通了服务群众的"最后一公里"。

为了提升社区消防管理水平，她积极协调莲湖区消防大队，创建了民航社区消防工作站，先后 6 次在社区幼儿园、住宅集中区开展了规模较大的防火、灭火实战演练。当孩子们和居民群众看到"大块头"的消防车和消防器材展示，了解到 6 套不同类型的消防服功能，参与到防火、灭火和火场逃生等场景体验时，深深树立了"隐患险于明火，防范胜于救灾"的意识。

为了回应群众期待，郝世玲逐区逐片摸排、统计、测量，重新划分了停车区域，广泛引导车主有序停车，使社区变得井然有序。她还主动联系交警莲湖大队做工作，创建了民航社区交管服务站，把驾驶员体检业务配套在了民航医院，真正实现了"警务前移、服务延伸、便民利民"。现在，民航社区群众不用出社区，就能轻松办理换证补牌、体检、处理交通违法和轻微交通事故等业务。通过一系列社区警务模式创新的"组合拳"，郝世玲把民航社区打造成了一个防范严密、环境整洁、邻里和睦的社区。公安部郭声琨部长到民航社区视察时，对郝世玲创新警务管理服务模式给予肯定。

紧扣党员服务　汇聚党员力量

郝世玲认为："社区警务工作，是党的基层工作的一根针，穿起百姓安全的同心结；是党的基层工作的铺路石，深扎于群众的泥土中，夯实党的执政根基。"为了在社区警务工作中汇聚和发挥党员的作用与力量，郝世玲探索建立了"一家两队"党员服务群众机制，让共产党员的先锋旗帜在社区警务工作中飘扬。

建立"流动党员之家"　创新人口服务管理模式

为加强对流动人口的服务管理，有效压缩犯罪空间，在所支部和社区的支持下，郝世玲创建了"流动党员之家"，组织流动党员集中学习党的理论，向他们宣传政策精神，扶贫帮困，使他们参与到社区流动人口的管理服务中。至今已开展了40余次（项）学习和活动，让长时间没有过党组织生活的党员又体会到了党组织的温暖和力量。在她的带动下，流动党员们认真记学习笔记、畅谈学习感悟。郝世玲还把大家撰写的"两学一做"心得体会在宣传栏里展出，浓厚的学习氛围吸引了周边的党员。

每年3月及重要节日、活动时，郝世玲都带领流动党员开展"学雷锋"实践，上门慰问孤寡老人和残疾住户。社区唐淑慧、任玉芳老人行动不便，2016年3月5日，当郝世玲又带着党员上门嘘寒问暖、给老人送去生活必需品时，两位老人感激得热泪盈眶，七八十岁的年纪了，还一口一个"郝大姐"地叫着。有的党员对任玉芳说："您都这么大岁数了，怎么还叫她大姐？"老人激动地说："大家都这么叫，我也就叫了，这样感到很亲切。"

在郝世玲的感染、带动下，党员自发地做好事、行善举，关爱空巢老人、帮助邻里解决生活困难、送迷路老人回家等等爱心举动，成为党员照亮社区群众内心的火炬。一次，民航社区幼儿园组织孩子和家长为西安儿童福利院捐款，派出所领导、民警、社区干部、党员慷慨解囊，带动社区群众积极参与，很短时间内就捐助了3万余元，使爱心溢满整个民航社区。

组建社区警务室共产党员服务队　积极发挥表率作用

与民航社区常住人口16609人、流动人口2686人相比，310名党员就成了"关键少数"。郝世玲注重把有干劲、责任心强的党员纳入警务室工作，自发组建了由民警、骨干党员组成的"社区警务室共产党员服务队"，不断强化示范引领，使"关键少数"发挥模范作用。为了带动党员做实安全防范,郝世玲在对社区人口实行信息化服务、网格化管理的基础上,翔实统计每栋居民楼、每个单元和街道店铺的党员信息及数量分布,制作了工作数据管理墙,分情况尽可能安排党员担任区域长、楼长和单元长,并将责任人、负责区域和电话制成标示牌,公布在楼宇、街道的显著位置,做到定点定岗、亮牌示范,有效增强了大家的责任心。

社区老党员王文祥是咸阳机场公安局的退休民警,他响应郝世玲的号召,参加了党员服务队,义务承担起幼儿园上下学高峰期的治安维护工作,每天按时上岗,一年四季风雨无阻。王文祥说:"社区安全人人有责,咱是党员,咱不带头谁带头?"1973年入党的李增福说:"每位退休党员都希望有个精神寄托,能成为党员服务队中的一员,有机会再给群众做点事,我感到很有价值。"在社区警务室党员服务队的带动下,越来越多的党员主动加入服务社区的行列,成为郝世玲的强大后援和社区警务工作的"关键力量"。社区党员积极投身街面巡逻、楼宇防控、监控巡视,带领群众实行邻里守望和"百户联防""百店联防",为实现"零发案"发挥了积极作用。

组建流动人口共产党员服务队　示范提升服务效能

为了以加强流动党员管理引领流动人口管理,夯实党在流动人口中的执政基础,2015年7月1日,郝世玲主导建立了"社区警务室流动人口共产党员服务队"。在成立仪式上,郝世玲和流动党员一起面对党旗庄严宣誓,并深入社区老党员孟林福家中慰问。当她把党徽佩戴在老人胸前时,这位80岁的老党员激动得哭出了声,感染了在场的所有党员。

2016年4月,一名陌生男子鬼鬼祟祟在社区转悠,很快就被义务巡逻的党员刘树林、周东利发现和控制，并从其包中搜出大量作案工具，一查，此人果然是长期在本市流窜作案的嫌疑人。服务队中的流动党员刘龙是社区隆泰综合市场的负责人，面对市场治安混乱、管理滞后、侵财案件时有发生的现状，他主动出资扩建了24路监控，新增了2名专职安防员，并组织发动市场45家商户共同参与治安联防，有效净化了治安环境。

依托流动党员服务队宣传党的方针政策，维护社会治安稳定，引导流动人员有序流动，已成为郝世玲的工作"法宝"。在平凡的岗位上，郝世玲始终把社区警务工作当作践行宗旨、锤炼党性的"试金石"，凝心聚力，使社区党员变成了一面面鲜红的旗帜，也让民航社区警务室这张名片愈发闪亮。

郝世玲，一位普通的社区民警，用信念担负起人民警察的职责与使命，用铁肩和柔情在平凡岗位上撑起了社会安宁的一片天，用一个个看似不起眼的凡人善举和至美真情，诠释了自己对公安事业的热爱，履行着"人民公安为人民"的庄严承诺，谱写出新时代女警最动人的诗篇，成为当代社会的道德标杆和践行社会主义核心价值观的鲜活典范。

08 汪勇
视群众为亲人的民警

汪勇,韩森寨派出所副所长兼社区民警。他积极扎根于群众中间,用"保姆式"的贴心服务赢得了群众最广泛的尊敬和拥戴,先后被评为"全省模范社区民警"、"全市优秀社区民警"和"感动古城的十大民警",并被授予"第八届全国人民满意公务员"、"全国模范军队转业干部"及"中国好人"荣誉称号。

汪勇在事迹报告会现场

汪勇，男，西安市公安局新城分局韩森寨派出所副所长、咸东社区民警。

汪勇同志积极扎根群众中间，以社区为家，视社区群众为亲人，对每一件看似鸡毛蒜皮的小事都认真对待，把"保姆式"的贴心服务做到了群众心坎上，赢得了群众最广泛的尊敬和拥戴。

汪勇同志先后被评为"全省模范社区民警"、"全市优秀社区民警"和"感动古城的十大民警"，多次受到嘉奖，荣立个人一等功1次。2014年，被授予"第八届全国人民满意公务员"及"全国模范军队转业干部"荣誉称号。

汪勇管辖的咸东社区地处三区交界的城乡接合部，流动人口多、下岗工人多、吸毒人员多，发案率非常高。他刚接手就下定决心，要在短时间内改变这种状况。

他第一次参加咸东社区党建联席会时，就向社区群众郑重承诺："请大家放心，维护社区平安和谐就是我到社区工作的目标，我一定会加倍努力，和大家共同把社区治安搞好，也希望大家支持我！"并公布了自己的手机号码，保证24小时不关机，群众有事，随叫随到。

汪勇知道，靠自己一个人是无法改变社区治安落后的面貌的，必须紧紧依靠社区和驻地单位的支持。在他的努力下，广大群众参与维护治安的积极性被调动起来，社区很快设立了29个治安值班室，成立了由驻地单位负责人、保卫干部和居委会主任、群众代表组成的治安防范联席会，组建了专职安防队、治安巡逻队、治安信息员队伍，形成了以"一会三队"为主体的群防群治工作格局，小区的治安状况有了明显好转。

但汪勇在工作中发现，治安状况好转了，发案率也下降了，群众还是不满意。他深入走访，发现让群众不满意的不仅仅是治安问题，还有一些未及时化解的矛盾纠纷。

辖区老李患有间歇性精神病，人见人躲。别人躲，汪勇没有躲，他主动去接近关心老李，连续吃了3次闭门羹，但他没有放弃。了解到老李也曾当过兵，他感到这可能是个突破口。第四次，他又买了水果来到老李家门前，在门外亲切地称他为"老班长"。就这样喊了十几分钟，老李才骂骂咧咧地开了门。进屋后，汪勇放下水果，就开始帮老李整理家务。此后，汪勇经常到老李家，帮他干点儿活，并给他解决了低保问题。在汪勇的关心下，老李病情逐渐好转，不再闹事了，群众的意见也没有了。

汪勇所负责的辖区有一位吴阿姨，儿子早年因犯罪被判刑，她独自带着非婚生的孙女生活。现在孩子要上学了，这才想起办户口的事。因为她拿不出任何证明材料，民警们也很犯难。

汪勇闻讯赶来，招呼吴阿姨坐下，倒了杯热水递过去。他慢慢听完讲述，起身拿出户籍业务办理指南的卡片，一字一句念给吴阿姨听。最后，汪勇对她说："阿姨，您先别急，我来想想办法。"

汪勇说到做到。接下来的两个月，他先是上医院查证孩子的出生记录，再到法院调取抚养权判决书，为一个签字、一份证明来来回回地跑，又一户一户地找到当年的知情人，终于在两个月后备齐了证明材料。

2008年6月，吴阿姨拿着户口本又来了。她年轻时为招工把年龄改小了，现在为了享受老年福利，又要恢复到实际年龄。大家都说，吴阿姨的事真多。

汪勇可不这么想，第二天他就去了吴阿姨退休前的工厂，厂子已经倒闭了，好不容易联系上过去的车间主任，对方一听要查档案，显得很为难。汪勇好说歹说，硬是通过这个退休多年的老主任，打开了尘封的档案室，一天查下来却一无所获。

没有气馁，汪勇又和吴阿姨一起去咸阳找当年的工作单位，结果单位早已停产倒闭，相关人员都找不着了。汪勇没有放弃，又一个人去了咸阳，拿着吴阿姨提供的工友名单，到当地派出所查找下落，上门走访，想方设法取齐了证明材料，为吴阿姨恢复了年龄。

汪勇常说，群众有困难的时候能想到自己是一种幸福。2010年4月的一个雨天，汪勇突然接到社区年近八旬的徐阿姨的电话，说自己忽然胸闷气短，觉得快不行了。汪勇急忙赶过去，背起老人，冒着大雨赶往医院。出院以后，徐阿姨逢人就说是汪勇救了她的命，汪勇就像自己的儿子一样！她有事，第一个想到的就是汪勇，他一定会来！

汪勇不但关心爱护普通群众，对特殊家庭更是真情关怀。社区的马大爷患有脑梗和双膝骨关节病，老伴也因为青光眼几乎失明，他家的两个儿子都在强制戒毒。汪勇经常去马大爷家看望，送米送油、买菜买饭。马家大儿子从戒毒所回来，看到汪勇把父母照顾得妥妥帖帖，当下眼圈就红了。

汪勇时时处处为群众着想，把群众的事当成自己的事去办，把群众的困难当成自己的困难去解决。2011年，汪勇接到报警，咸宁小学的一名学生在过马路时发生交通事故。他在和交警一起出现场时，发现正是上下学时间，学校门口有上千名师生过马路，而这一路段由于靠近铁路桥，交通隐患很多。第二天，汪勇就主动来到学校，为孩子们讲了一堂安全知识公开课，又联系交警队在学校门口的马路上画上斑马线。他还不厌其烦地找到市政部门，申请在学校门口建一座过街天桥。

汪勇不仅坚持秉公执法，而且注重人文关怀，坚持实行"思想上拉一把、生活上帮一把、工作上扶一把"的"三个一把"帮教理念，在人性化执法中传送党和政府的温暖。

2012年10月的一天，咸东社区居民杜某因吸毒要被行政拘留，杜某恳求汪勇网开一面，因为他上学的女儿每月生活费都靠他打工赚取，如果被拘留，女儿的生活费就没着落了。汪勇坚持依法处理了杜某后，又自掏腰包，为其女儿留下两个月的生活费。杜某得知后，感动得泪流满面，给汪勇打了一张欠条，真诚表示坚决痛改前非。汪勇说："执法的最终目的是让人敬畏法律、遵守法律，我不指望他还钱，只希望这张欠条背后的法与情，能指引着杜某以后做好人、走正道！"

　　服务群众，汪勇热情真诚，当群众的生命财产遭遇危险时，他更是挺身而出。2012年6月的一个傍晚，与社区综合市场一墙之隔的活动板房忽然失火。汪勇骑着自行车一路狂奔到市场，这时，有人大喊："车间有燃气瓶！"情况万分危急，汪勇迅速冲向堆放的燃气瓶，抱起一个就往外跑。就这样一次次冲进火场，把所有燃气瓶转移了出来。事后，工厂老板紧紧抓住他的手，颤抖着说："今天要是没有你，我这么多年就白干了……"

汪勇与孩子们

熟悉汪勇的人都知道，学习对他来说就是一种自觉、一种习惯。参军时，汪勇连高中都未念完，通过刻苦钻研，他在部队拿到了本科文凭，并取得了学位。

自入伍起，汪勇就开始做笔记，这些年来学习笔记、工作日记记了40余本60多万字。在社区民警的岗位上，他认真总结提炼学习心得和实践感悟，并把入户走访和学习成果活学活用，分门别类建成了细致周密的14类警务台账，使社区情况一目了然。

2013年12月8日，新城区发生了一起抢劫学生手机的案子。当时，办案人员掌握的唯一线索是嫌疑人被称作"小涛"，与受害人年龄相仿。当民警摸排到汪勇的社区时，一提"小涛"，汪勇的脑海迅速检索到"小涛"的信息，对"小涛"家什么时候搬来，住在哪栋楼、哪个单元、哪一户，甚至以前所做的事以及他父母的一些情况都无一漏下，如实道来。他扎实的"一口清"，为打击犯罪清除了路障，专案民警很快将犯罪嫌疑人"小涛"缉拿归案。

为了熟悉社情，融入群众，共同维护好社区治安，汪勇对自己提出了"走万里路，进千家门，解百家难"的目标，一次次带着微笑登门，一次次满怀真情入户，一次次饱含诚意交流，把群众的事一件一件记在本子上、印在脑海中，又一件一件落实到行动上，坚持做到居民入住迁移必到、有疑难户政业务必到、产生矛盾纠纷必到、生活困难必到、发案必到、重点人员见面必到。

10年来，他的足迹遍布辖区的家家户户、角角落落。他不仅把群众工作做到了老百姓的心坎上，更一步步走进了群众的心里，成了群众的亲人。

汪勇始终认为，"零发案"是人民群众对公安工作的最高愿望，也是社区民警工作的最高境界。他积极加强安全防范宣传，每周通报一次警情，每月进行一次安全宣传，每季度开展一次法制教育，每半年进行一次治安形势分析,让安全防范家喻户晓、人人皆知。

同时,多次组织召开现场会,传授群众防范多发性案件的知识,自费购买了360个门窗报警器,免费发放给社区楼层较低、位置偏僻的住户。他还组织加强夜间巡逻,每天晚上都带着巡逻队在社区巡逻。汪勇想方设法加强社区技防建设,完善安全管理,扎紧社区篱笆墙。就这样几年下来,咸东社区的高发案率得到有效遏制,多个小区实现"零发案",社区也成为全国治安综合治理平安社区。

汪勇始终恪守"穷,得有骨气;饿,得有志气"的家训,守得住清贫,耐得住寂寞,在坚守自己人生准则中成长进步。

汪勇家庭生活负担较重,祖孙三代长期居住在35平方米的出租屋内,家具都是从旧货市场淘来的。母亲为了减轻家里的负担,当了8年保洁员;妻子至今还在打零工;父亲身患肾坏死,为了不给他增加负担,回了湖南老家。

有一次,辖区一家单位盖职工家属楼,愿以内部职工价格帮助汪勇解决住房问题,却被婉言谢绝了。有人对汪勇说:"你现在还租着房,这个房就是不买,转手倒给别人,也能赚个一二十万,这么好的机会为啥不要?"汪勇说:"这房子是为职工盖的,我又不是职工,要了这个房,就是侵占了职工的利益,我坚决不能要!"

汪勇对待工作充满热情,对待同事和战友更是怀着一片赤诚之心。曾和汪勇在一个警组工作的老郭几年前调走了,后来汪勇听说他因脑溢血导致半身不遂,就一趟又一趟上门探望。

2014年11月的一天,汪勇又来到老郭家,隔着门喊:"师傅,我来看你了!"老郭身体动不了,只能用含糊不清的声音回应他。进不了门,汪勇想改天再来看他,就说:"师傅,我给你留1000块钱,让嫂子给你买些好吃的。"边说边把钱往门里塞。一听这话,老郭突然失声痛哭,一边哭一边说:"我都是个废人了,你不要管

汪勇看望老人

我了。"汪勇也流着泪,宽慰老郭说:"师傅,你是老公安、老前辈,啥苦啥难没经过?你要配合医生好好治疗,身体一定会好起来的!"就这样,汪勇隔着门、跺着脚,陪老郭说了一个多小时的话。

汪勇深深地爱着辖区的群众,群众也把他当成亲人,支持他的工作。汪勇到社区工作不久,社区居民就积极响应他的号召,成立了夜间义务巡逻队。

这一年,在社区举办的"迎新春警民联谊会"上,为了表达对汪勇工作的感谢,大伙儿商量着送他一件礼物,想来想去,最后为汪勇写了一幅大大的"家"字,汪勇也把自己改编的《父老乡亲》歌曲唱给大家听。歌中唱道:"我工作在咸东社区,到处是我的父老乡亲,一声声,叫我警官的名字,让我如何才能回报……"

在他的努力下,咸东社区治安状况明显好转,连续5年未发生重特大治安案件。近年来,他先后走访和看望居民群众800余户2000余人,上门慰问特困学生、孤寡老人等弱势群体和失足青少年、服刑在教人员未成年子女等特殊群体153人，排查不稳定因素282个，化解矛盾纠纷675起，帮助群众解决各种困难300余件，被群众誉为"马天民式的好民警"。

家庭的熏陶、父辈的教诲，让汪勇始终对党忠诚、心怀感恩。汪勇生于大山，家境贫寒，农民儿子朴实无华的精神和品质深深浸透了他的每一个细胞。他的祖父和父亲都是党的基层干部，曾担任大队党支部书记的父亲一生不求回报，直到身患重病还在为乡亲服务。父亲如山的背影、如松的品格，一直激励他永远对党和人民满怀忠诚。

部队的培养、警营的历练，让汪勇始终心系群众，与群众情同手足。军旅生涯的铁血磨砺，锻造了他的品格，纪律重于生命的军魂、忠诚履行职责的信念深深印刻在他的心里。

人民警察的职业浸润，使得忠于党、忠于祖国、忠于人民、忠于法律成为他矢志不渝的政治信仰，全心全意为人民服务成为他坚定不移的政治本色。他说："民警脱离了民就成了无源之水、无根之木。大事小事不重要，对老百姓的感情最重要。"

人民的期待、群众的赞扬，让汪勇始终敢于负责、勇于担当。汪勇从实际出发，谋划事业和工作，用点滴小行动推进辖区大平安。他始终牢记人民警察的神圣使命，危险面前冲锋在先，守护平安日夜奔波，调解纠纷不厌其烦，群众有难热情相助。他用满腔的热忱和全部的心血诠释着人民警察的职业担当。他说："全力以赴做好本职工作，是我对党和人民唯一也是一生的报答。"

崇高的理想、坚定的信念，让汪勇始终守住清贫、心存戒律、严格要求自己。汪勇始终坚守纪律底线、法律底线和道德底线，守得住清贫、耐得住寂寞，把手中的权力全部用于为党分忧、为国干事、为民谋利。

09 张一龙

帮助孤残老人，播撒爱心的企业人

张一龙，西安糊涂记餐饮管理有限公司董事长。2010 年起，张一龙为社区老人提供免费粥，并在企业内部组织爱心志愿队，发起"菁拐杖"暖心行动，带领员工及许多社会爱心人士前往敬老院和周边乡村，关心帮助孤残老人，播撒爱心，赢得广泛赞誉。张一龙被授予"西安好人""陕西省道德模范"等称号。

张一龙风采

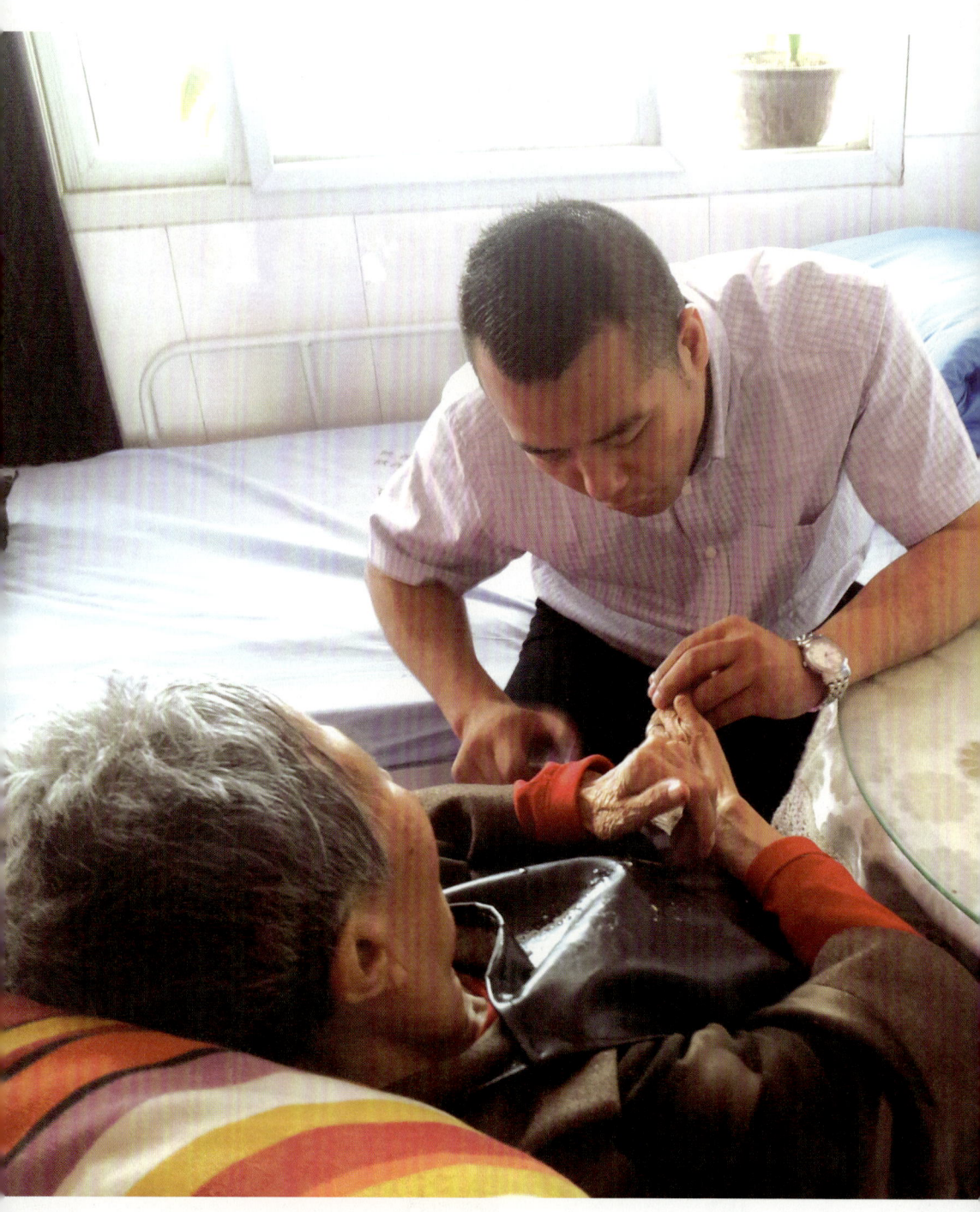

张一龙在照顾老人

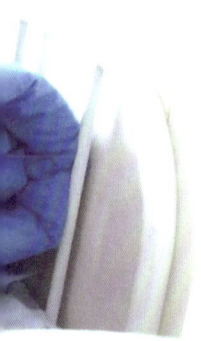

张一龙,男,1976年出生,西安糊涂记餐饮管理有限公司董事长。

凭借着一颗坚韧之心,张一龙从卖牙刷、毛巾等小百货开始,逐渐积累资金和创业经验。2003年,他终于开起了第一家餐饮店,每天6点起床,买菜、择菜、洗碗、配菜、服务……都是他一个人,虽然忙碌却很充实。

眼看日子一天天好起来,张一龙想到了当年自己差点流落街头时被人帮助的情形:刚开始创业时,年轻的张一龙一无所有,最困难的时候身上只剩下了50元钱,而当时的房东老太知道他的境遇后,主动免去了他的房屋租金。还有一次,店里突然停水,隔壁的老人无偿给他提供了好几桶水。

这些雪中送炭的温暖令张一龙铭感五内,而心中那个知恩图报、回馈他人的朴实愿望也日益强烈。"老人给了我很大的帮助,做人要知恩图报,所以看到老人有困难我就想尽力帮一把。"

于是,他开始在企业内部发起成立了"爱心志愿队",又专门建立了"亲情基金",致力于扶贫帮困,传递爱心。从2006年开始,他每年坚持组织员工到敬老院、孤残院献爱心。

2010年,一位老太太来店里吃饭,当时是早上10点,可是餐厅里的中餐11点才开始供应。老太太说自己早上6点多起来,到现在都没吃东西。正是这句话触动了张一龙。

第二天,他开始走访社区,了解到更多老人的故事。原来，就在自己的周围，有那么多的空巢老人、重病老人、贫困老人。谈到送爱心粥的初衷，张一龙说："很多老人家都是早起去买菜或者晨练，顾不上吃饭，我们就想给老人家提供点便利。"

几天以后，他在店门口摆起了餐车，餐车上的煲桶里是热腾腾的杂粮粥，餐车上赫然写着"营养粥免费供应点"。

营养粥？免费？真不要钱吗？一开始，更多的人是怀疑，是观望。张一龙开始在橱窗贴广告，在小区里发通知，甚至主动去请那些老人，终于有老人拿着空碗，开始试探性地过来打粥。没想到真的不要钱，而且服务人员还很热情！

消息一下子传开了，第二天一下子来了10多位老人，于是，从10位到20位，从20位到30位，从30位甚至到100多位……有的时候，连李家村的、土门的一些老人也过来了。看着老人们沧桑的脸，一双双颤抖的手接过自己盛好的免费营养粥，张一龙的心里有感触、有温暖，更多的是快乐。

张一龙与老人们一起包饺子

给老人免费送爱心粥，一天两天、十天半个月倒也不难，但能坚持几年如一日从不间断，而且每天还不断变换粥品的花样，位于莲湖区环城南路八佳巷的糊涂记餐厅的董事长张一龙用实际行动让人们为他竖起大拇指。

每天清晨，天刚蒙蒙亮，糊涂记餐厅门前便已人声鼎沸，几十名老年人说说笑笑地排着队，有不少老人看起来已经是常客。张一龙总是微笑着将粥递给老人们，还与他们拉拉家常。"这店开了9年，和附近社区的老人们都熟了，尤其是从2010年开始送爱心粥之后，经常来的叔叔阿姨和我们都成了朋友。"

住在附近的杨秀莲老人回忆起初次喝爱心粥那天，脸上浮现出了笑容，"那天早上刚去早市买完菜，走到餐馆门口，发现他们几个员工正在盛粥，我走过去一问才知道这粥是免费的"。一碗小米粥暖了老人的身和心，从此她成为这里的忠实顾客，"没想到还有这样的餐厅，不为赚钱，实实在在地为顾客做好事"。

张一龙介绍说，最早是一桶粥，后来人多了，就逐渐增加为两桶，现在从早上7点开始，不到半个小时就能全部送完。"每天的粥都不一样，有小米粥、八宝粥、红豆粥，给大家换换口味。"

为了熬粥，店里的厨师凌晨5点就要到岗，服务人员也必须6点起床赶到餐厅。"虽然累点，可看着每天那么多人排队喝粥，就觉得需要帮助的人还是很多，我们做这些根本不算啥。"

当问及张一龙这样免费送粥怕不怕有人钻空子贪小便宜时，他回答说："既然叫爱心粥，就是希望一碗热粥能传递一份爱心。我相信一个人得到的爱多了，就算起初只是想贪点小利，慢慢地也会想着去帮助别人。"原来"糊涂郎"心中却有本"明白账"。

除了提供免费爱心粥，张一龙还在企业内部组织爱心志愿队，发起"菁拐杖"暖心行动，带领员工及许多社会爱心人士前往敬老院和周边乡村，关心、帮助孤残老人，播撒爱心，赢得了广泛赞誉。

他曾经包下理发店，为近百位孤寡老人免费理发；每逢腊八、冬至、重阳、端午等节日，他请孤寡老人到店内免费吃饭、过节；他积极参加"朝阳行动"，组织农村孩子到店里参加活动；他积极发起为清洁工送温暖活动，在各个店设置"免费歇脚点"；店里的招牌糊涂面，一直为老人和清洁工免费提供，累计已送出近万份；他多次去山阳、镇安等贫困山区捐资修路，阳光助学。

在糊涂记餐厅里，还能看到全体员工去敬老院探望的照片，这也是多年前张一龙就开始施行并坚持至今的善举之一。

这些善行深深地影响着糊涂记的每位员工。今年2月，一名男子来到店里，希望餐厅能在每天中午饭点时给自己住在人民南巷的父母送饭，张一龙一口答应。"其实中午是店里最忙的时候，但是他说二老身体不好，下楼非常不方便。我当时就想，再忙也会每天按时给老人送饭。"至今，张一龙都在履行着这个承诺，每当看到老人的笑脸，他都感到无比满足。

张一龙说，只要店还开着，爱心粥就会免费送下去；只要还有老人需要帮助，他和员工们就会毫不犹豫地伸出援手。"一碗爱心粥温暖了他们，他们的微笑也温暖了我。"

10 陈绍洋
待患如亲的麻醉医师

陈绍洋，生前系第四军医大学第一附属医院西京医院麻醉科副主任。他始终坚守对岗位职责的承诺，把患者利益放在首位，即使身患肝癌，接受肝移植前两天，仍忍着疼痛站在手术台前，用自己的生命兑现了对患者的庄严承诺。陈绍洋先后被授予"西安好人""感动陕西人物""陕西省道德模范"等称号。

军医陈绍洋

陈绍洋，男，汉族，1963年5月出生，中共党员，生前系第四军医大学第一附属医院西京医院麻醉科副主任。获得全军院校育才奖银奖，被评为陕西省青年突击手、2014年度"感动陕西人物"。

陈绍洋始终坚守对岗位职责的承诺，把患者利益放在首位。即使身患肝癌，在接受肝移植前两天仍忍着疼痛站在手术台前，用自己的生命兑现了对患者的庄严承诺。

陈绍洋常说："麻醉不仅是一门科学，更是一门艺术，医生1%或1‰的医疗失误，对于病人和家属来说，却是100%的痛苦！"1996年9月，他率先在国内开展颈内静脉穿刺逆行置管术，这一突破性成果推动了颅脑手术麻醉技术的发展。1997年，他参加国内首例活体肝移植手术，在麻醉技术要求高、没有经验借鉴的情况下，他吃住在办公室，制订术前准备、术中管理、术后配合等一套完整的麻醉方案，让手术圆满完成。行医30年来，他发明和改进了23项技术，显著降低了手术并发症。

被查出患肝癌后，陈绍洋最放不下的还是病人的安危，他在接受肝移植手术的前两天，仍然强忍着疼痛，站在手术台前，守护患者健康。在接受完肝移植手术后，他依然想着病人。一次，他在移植中心病房进行术后恢复性锻炼时，透过玻璃看见肝移植术后病人突然晕倒，他立即冲进监护室，指导护士吸痰、加压面罩吸氧、静脉注射肾上腺素。几分钟后，患者心脏恢复跳动，身体本来就十分虚弱的他却累倒在地上。2013年8月，陈绍洋因肝癌病逝。

专家学者：核心价值观的真实样本

陈绍洋始终牢记党的宗旨，操守为重，以诚待人，待患如亲，用实际行动践行"一心向党、行医为民"的庄严承诺。在光明日报社与陕西省委联合举办的精神研讨会上，一大批研究核心价值观的业内专家纷纷撰文发声,表达对这位医者楷模的钦佩与敬仰。

时任陕西省委常委、宣传部部长的景俊海指出:"陈绍洋是我省践行社会主义核心价值观的标兵。作为军人,他忠诚于党、热爱人民、报效国家、献身使命;作为医生,他医德高尚、医术精湛、救死扶伤、待患如亲;作为老师,他为人师表、传道授业、治学严谨、诲人不倦。"

光明日报社总编辑何东平刊文:"陈绍洋的事迹丰实而厚重:论医术,他堪称守护生命的钢铁卫士;论医德,他无愧于'悬壶济世,妙手仁心,兼济苍生'的大医精诚。他忠诚于党,热爱人民,却唯独忘了自己和家庭;他追求卓越,甘为人梯,却从不争名逐利。在培育和践行社会主义核心价值观的今天,陈绍洋的事迹无疑为我们提供了一份极为典型、极为动人的真实样本。"

陕西省社会科学院研究员刘源在微博中发文:"陈绍洋的先进事迹表明,他无疑是践行社会主义核心价值观的典范。他在短暂的一生中,把职业信念变成一种可以传递的正能量,以精湛的医术、高尚的医德、求真务实的工作态度和追求卓越的人生志向,内化为其崇高的精神,深刻地诠释着社会主义核心价值观的内涵。"

国防大学马克思主义研究室研究员颜晓峰以"生如夏花之灿烂,死如秋叶之静美"来形容陈绍洋的生命价值观。

中宣部思想政治工作研究所副所长戴木才激动地说:"陈绍洋用生命践行了社会主义核心价值观和军人价值观,学习他的先进事迹是对当代人精神和价值观的洗礼。"

业界同行:你是我们的榜样

陈绍洋事迹经《人民日报》、新华社、中央电视台、《光明日报》、《解放军报》等主流媒体刊播,新浪网、搜狐网等门户网站转载,引起大众热议，激起国内医疗行业的广泛回应。据不完全统计，网上70%的跟帖留言来自医护人员，他们纷纷为陈绍洋执着医学事业、坚守从医道德的职业追求点赞。北京协和、华西等国内知名医院网站分专题大篇幅转载了陈绍洋的事迹，解放军总医院院长任国荃认为："陈绍洋是一个把医德看得比命还重的人，在医德滑坡、医患关系紧张的今天，大力宣传陈绍洋这样具有典型性的时代楷模，对于我们这个行业太重要了。"

2014年，陈绍洋的先进事迹作为陕西卫生行业"走基层、转作风、正形象"的生动教材，在全省10个地市100多个县的广大医务工作者中进行了重点推介和全覆盖学习，《闪光的生命》专题片播发后，引起基层医务工作者的强烈共鸣。宁陕县城关镇龙泉村卫生所医生唐新民说："陈绍洋中专毕业、护士出身，硬是凭着超乎寻常的坚持和努力，取得事业的成功。他告诉我，救死扶伤的事业无所谓大小，小舞台也能书写大人生。"

陕西省卫计委副主任黄立勋在总结年度工作时说："地处西部欠发达地区，我们的医务工作者更需要学习陈绍洋那种忘我奉献、信守生命的职业信念，千方百计为人民群众提供廉价高效的医疗服务。"

西安交大二附院医生王德林在看了《人民日报》刊载的《妙手仁心济苍生》的纪实报道后，感慨地说："陈绍洋让我明白了作为医生应有的境界，医

根据陈绍洋先进事迹改编的话剧《麻醉师》剧照

疗指标看似重要，但医者仁心更为可贵，患者的口碑比物质的得到更能体现医道尊严。"

北京广安门医院护士吴小敏表示："陈绍洋教授临终时留下'捐献双肾'的遗言催人泪下，崇德向善从来就不是高不可攀的事情，每个人都可能心动，但重要的是能不能行动起来。"

家属患者：世人谁不爱良医

患者在期待解除病痛的同时，更期盼医生心贴心的呵护，医生的承诺是他们的希望。陈绍洋就是这样一位承载托付、信守承诺的人。

亚洲肝肾胰联合移植手术唯一幸存者万月田，在32场事迹报告会的现场，每每讲到陈绍洋一连7天吃住在办公室，17个小时没合眼抢救自己时，总是情绪激动、泪光盈盈。在陈绍洋长期的随访治疗和跟踪观察下，万月田已奇迹般存活了11个年头。而作为无数个患者的救命恩人，陈绍洋却因过度劳累英年早逝，令人惋惜不已。

在陈绍洋的追悼会上，西京医院护工刘大姐泣不成声地说："是陈教授救了我妈的命！"2005年，她母亲受剧烈撞击导致严重肾出血，在万般无奈下，抱着试一试的态度，她鼓足勇气在凌晨2点拨通了陈教授的电话。没想到，没过几分钟，陈绍洋就披着棉大衣、穿着拖鞋一路跑来。手术成功了，陈绍洋疲惫的身影留给这个普通人的是一生的温暖。患者家属田凤莲沉浸在悲痛中，她说："2005年1月，患有高血压、冠心病、肝硬化的老伴要做结肠癌手术，冒昧地给正在厦门疗养的陈教授打电话，希望他亲自麻醉，没想到，第二天他就赶了回来，后来得知这是陈教授和妻子罗兰结婚近20年来的第一次旅行。"

陈绍洋一诺千金、待患如亲的感人事迹，以话剧、报告、新闻等形式推向全国后，在许多他救助过甚至未曾谋面的普通患者中，引发了强烈的反响。重庆巫山县农民万国强深有感触地说："说句心里话，我们农民怕进医院，怕医生开一堆药和检查，小病往往拖成大病。看到陈大夫，才相信其实医生也不容易，他们当中的大多数都是好人啊。"

草根网民：火种虽小但依然能点亮夜空

身边的典型引起了四医大人无尽的追思。这所诞生于抗战烽火，孕育出张华、华山抢险战斗集体、模范学员大队、育人大师李继硕、5个一等奖团队等时代楷模的军医名校，再一次因精神的引领而沸腾。师生编撰的微信、微博，经手与手的传递，不断释放正能量并持续升温。学员杨华林在微信中说："看了陈老师的事迹，最钦佩的是他对每个平凡生命的守护。在他眼里，无所谓患者是谁，也无论病情是轻是重。他为我们扣好了职业道德的第一粒扣子。"

网民 angel 在新浪微博中发文："作为妻子，我深深懂得罗兰'我好想成为你的患者'那种对丈夫守候的无奈。不会唱歌、不会跳舞、不会开车、不会使用信用卡的他，却是妻子心中的好丈夫，因为他用深沉的爱担起了无边的责！"

上等兵李悦在全军政工网上跟帖说："从陈教授身上，我们明白了军人真正的样子，向陈教授致敬，向所有的军医致敬。"

正如万千网友所言，陈绍洋作为一名普通的医务工作者，用诚实守信的一生，在人民群众心目中彰显了医者情怀，诠释了军人本色，在全党深入开展"三严三实"教育整顿，扎实推进包括医疗卫生领域在内的全面改革的关键时期，对于和谐社会建设、顺畅医患沟通，无疑起到了示范引领、辐射延伸的积极作用，值得进一步提炼升华、宣传推介。

11 贠恩凤
扎根群众不知疲倦的歌唱家

贠恩凤,国家一级演员、著名歌唱家。贠恩凤把为人民歌唱作为自己的信念,以歌颂党、歌颂祖国、歌颂人民为己任,累计义唱3万余首(次),唱出了人民艺术家的精气神。贠恩凤获得全国"五一劳动奖章",被授予"全国先进工作者""全国优秀文艺工作者"称号,并被评为"西安好人""中国好人"等。

贠恩凤为群众演唱

贠恩凤，中共党员，著名女高音歌唱家，原陕西广播电视民族乐团团长（退休），获得了全国"五一劳动奖章"、中国金唱片奖、"全国优秀文艺工作者"、"全国先进工作者"、"三秦楷模"等称号。

1940年1月，贠恩凤生于西安。天生一副好嗓子的她，从小深受民间音乐熏陶，音乐才能很早就表露出来，11岁就成为西北人民广播电台广播文工团的演员。1965年冬，在北京演出的贠恩凤见到了敬爱的周总理。演出完毕，大家让贠恩凤邀请周总理跳舞，刚开始贠恩凤还有点怕，可周总理特别亲切，他拉着贠恩凤的手说："咱俩的名字里都有一个'恩'字，所以我们要对人民感恩。"

同样让贠恩凤难忘的还有广大人民群众的质朴和热情。据贠恩凤讲述，1982年她去延安进行慰问演出，在万花山区路遇几名耕作归来的山民，当山民得知她们是文艺工作者时，显露出了新奇和陌生。她就站在田间地头，即兴为这几位山民现场演唱了陕北民歌，"当我看到有的人兴奋地高举着锄头等农具，随着我的歌声挥舞，我知道这就是人民需要我的地方"。

几十年来，贠恩凤先后为群众演出5000余场（次），演唱歌曲3万余首（段）。无论是工厂矿山、田间地头、部队军营、铁路隧道、煤矿井下，还是列车上、轮船上、幼儿园、孤儿院里，贠恩凤走到哪里，哪里就有她优美的歌声。贠恩凤演出从不计名利，不计报酬。基本上每次下基层慰问演出，贠恩凤都会唱好几首歌，多次返场为大家献歌。针对现在很多歌手都有出场费这一现状，贠恩凤表示不认同，"歌唱演员的职责就是为人民演唱，国家已经给了工资了，怎么还能再要钱"。

提起国家领导人对她的肯定和鼓励，贠恩凤记忆犹新："我永远也忘不了习仲勋老人为我题的字，'唱人民喜爱的歌曲，做人民喜爱的歌手'。""无论我在何时何地，都以这样的信念提醒自己，

贠恩凤在高铁上为乘客演唱

没有人民的哺育，哪来的歌手；没有人民的爱戴，你唱歌给谁听！"

永远歌唱人民，永远为人民歌唱。贠恩凤的歌唱生涯里，红色经典歌曲是她演唱的主旋律，无论是《信天游唱给毛主席听》《翻身道情》《延安儿女心向毛主席》，还是《十唱共产党》《绣金匾》《山丹丹开花红艳艳》《南泥湾》，她始终坚持歌颂党、歌颂祖国、歌颂人民。歌由心生，贠恩凤怀着一颗赤子之心，心怀祖国、情系人民，"永远为人民歌唱"是她一生不变的信念。从1991年起连续15年，每年春节，贠恩凤都要去给坚守岗位不放假的单位演出，慰问那里的工人、干警、战士。多年来，只要是到部队、公安机关、学校、孤儿院等演出，贠恩凤从不收取分文。即使有演出费，她也大都返还或捐出。

贠恩凤把为人民服务奉为天职，对于人民的邀请，贠恩凤永远信守承诺。这是她对祖国和人民发自内心的、抑制不住的热爱和感动，

这是与人民面对面、心连心、同呼吸、共命运才会表现出的特殊感情。

贠恩凤毕生取得了卓著的成就和荣誉，但这样一位艺术家却从不摆谱。多年来，台前台后，化妆、发型、演出服基本都是贠恩凤自己一个人搞定，演出经常穿的红毛衣也是补了又补。她心甘情愿一辈子做一个为人民放歌的义工，群众的欢迎和认可就是她最大的幸福。

现在，贠恩凤虽年逾七旬，仍每年坚持下基层演出，只要人民群众有需求，她都随时歌唱。她在即将启动的列车前为列车员和旅客演唱；她中断吃饭，去厨房在锅碗瓢盆的伴奏下为正在做饭的厨师演唱。大家赞誉她是"一位扎根于人民群众中不知疲倦的歌唱家"。

60多年来，贠恩凤把为人民歌唱作为自己的精神信念，自觉担负起对民族文化、对社会道德的正面传播责任。无论是灿烂绚丽的中外舞台，还是艰苦简朴的农村地头、铁路隧道，她走到哪里，哪里就留下她优美的歌声，更留下她无私奉献的美德。

贠恩凤（第一排左六）在2016年度"西安好人"颁奖典礼现场

12
薛莹
与波音同飞翔的劳模

薛莹，西安飞机工业有限责任公司总厂班长。从事国际合作产品生产25年来，她对工作秉持认真负责的职业态度，勇于创新创造、积极主动细致，具有精湛的飞机装配技能和较强的班组管理能力。薛莹先后荣获"全国劳动模范""全国三八红旗手标兵""陕西省道德模范""第六届全国道德模范"等称号。

工作中的薛莹

薛莹，1973年8月出生，辽宁人，中共党员。1992年12月参加工作，中央党校函授经济管理本科学历，工人技师。现任西飞公司国航总厂波音737-700垂尾前缘组件的装配铆工，西飞首次用班长名字命名的班组——"薛莹班"的班长。

薛莹，这个看似文静腼腆的姑娘，内心却蕴含着坚韧、强大的勇气和毅力。正是这种力量融合着她对企业对岗位的热爱，激发出她不断向新高度挑战的巨大能量。自1992年12月从西飞技校毕业，进入国航总厂，她在铆工的普通岗位上，承担着世界一流航空公司产品的装配研制任务，一干就是20年。她在这个岗位上不断地积累

薛莹与同事在一起

着专业技术知识，磨砺着人生品质，逐步成熟起来。

2000年，在波音737-700飞机垂尾试制的关键时刻，27岁的薛莹走马上任，成为波音垂尾前缘班班长。波音737-700垂尾前缘组件由4段马鞍形镜面蒙皮对接装配而成，产品质量要求非常高。她带领80%为女职工的前缘班，不负众望，克服了常人难以想象的困难，闯难关，创奇迹，确保了产品优质、按节点交付。

2002年4月，波音垂尾前缘工装需4周时间返修，波音代表认为西飞无论如何也赶不上主进度计划了，已通知总部准备罚款。但在薛莹的带领下，团队拼搏大干，不仅完成了任务，还比主进度计划提前了两天。10月15日，波音公司来信称赞说："您和您的团队成员超越了我们的期望，证明了这个团队的承诺和对我们波音项目的贡献。"全班职工被波音公司授予"用户满意员工"证书。

2004年，波音代表提出必须用小于5磅，相当于一根大拇指的推力，使前缘组件上的300多个孔与前梁上的孔同心。面对这几乎不可能完成的任务，薛莹和她的团队开始了艰难的攻关。重达60多千克的前缘，一天之内在5台工装间抬上抬下30余次。薛莹带领组员翻阅图纸、技术文件，改变铆接顺序，改进锪窝钻、钻头等工具，增加垫片反向校正，使工装与蒙皮紧密贴合；改变工艺方法，优化加工流程，使蒙皮装配后力量分布均匀，保持一条线。经过40多个昼夜30多架份的试制，终于获得成功。2005年3月，波音驻厂代表史蒂夫一行7人来到薛莹家做客，赠送给薛莹一架波音737-700飞机模型，感谢她在工作中的突出贡献。

2004年，波音737-700垂尾批量月产由7架份猛增到12架份以上。薛莹带领全班精细操作、密切协作，除保证了全年计划的128架份优质交付外，还赶制了23架份储备，受到波音代表的高度赞扬。

2005年11月18日，西飞公司首次以两个班长的名字对班组进行命名，薛莹为其中之一。

为了提升班组凝聚力和战斗力，"薛莹班"制定了一套健全的班组管理制度和考核标准，严格按制度执行成为每位员工的自觉行动。在依法治班的同时，薛莹突出人性化管理，以快乐工作、舒心工作激发班组成员热爱岗位、关心班组的能动作用的发挥，形成了员工行为文明、技能高超、工作热情高涨的氛围。

薛莹总结经验，优化生产流程，提高产品质量，持续改进工作。2000年，波音737-700垂尾前缘装配质量攻关被列为总厂重点项目，第400架份以后，外商不允许有任何程度的打磨，这对她们来说是一个很大的挑战。3个多月里，她们对锪窝钻、窝头、钻头等工具进行改进，对工件采取保护措施试验，最终达到了不划伤产品的要求，使产品质量与进度有了保证，同时生产效率提高25%。截至2012年10月份，累计交付2250多架份，在全球飞行的波音737系列飞机中，有1/3装着西飞公司制造的垂尾。

2008年以来，西飞公司承接的转包生产项目和产量逐渐增加。为了尽快使新进厂的青工独当一面，在签订"师徒帮教合同"的同时，薛莹组织开展技术交流活动，先后带出的5个徒弟都成为生产一线的骨干。班里有8名同志因工作突出被评为公司级以上各类先进。薛莹常和身边的人说："我们要做世界一流飞机，就必须有一流的高素质的职工队伍。"她在自己努力学习的同时，还建立职工书屋，积极组织班组成员探讨问题、交流思想，使学习更加科学化、系统化。

由于出色的业绩和表现，薛莹先后获得"西飞文明先进个人""有突出贡献技术工人""质量标兵""巾帼能手""劳动模范""十佳知识型职工标兵""陕西省五一巾帼标兵""全国五一劳动奖章""全国五一巾帼奖"等荣誉称号。2007年底,薛莹当选陕西省人大代表。2010年五一前夕,薛莹成为"全国劳模";七一前夕,被评为国资委和中航工业"优秀共产党员"。"薛莹班"先后荣获西飞公司"红旗班组"、陕西省和陕航局"创新示范岗"、"学习型组织标兵班组"、全国"巾帼文明示范岗"和"三八红旗先进集体"、"全国质量信得过班组"、"全国优秀青年突击队"、"全国工人先锋号"等荣誉。2010年9月,"薛莹班"荣获"中央企业红旗班组标杆"称号,成为全国100个获此殊荣的班组之一,是中航工业唯一获此殊荣的班组。2011年,薛莹当选为"陕西省十大杰出工人",2012年当选为中国共产党第十八次全国人民代表大会代表。2017年,薛莹被评为第六届全国道德模范。

2007年1月,薛莹在中央电视台《新闻联播》"劳动者之歌"亮相,随后,《人民日报》《经济日报》《工人日报》《光明日报》《中国青年报》《法制日报》《解放军报》《中国妇女报》等各大媒体相继报道了薛莹的事迹。这是西飞公司员工首次被国内媒体集中宣传报道。

2005年,国家副主席曾庆红来西飞,夸赞道:"这个班不简单!"2007年12月30日,国务院总理温家宝视察西飞公司时幽默地对薛莹说:"你是世界劳模嘛!"

的确,飞翔在全球的波音737系列飞机中,有1/3装载着西飞人制造的垂直尾翼;每一架飞机的垂尾上,都有着"薛莹班"的付出。

13 李智华
向上向善好青年

李智华，励志讲师。李智华幼时因一场大火失去双臂，艰苦的环境磨炼了她的意志，赋予她一颗善良的心。她参加"春蕾女童"行动，为白血病患儿捐款，用实际行动回报社会。李智华先后被评为"西安好人""陕西省道德模范"，并被共青团中央推选为全国"向上向善好青年"。

李智华在活动现场

李智华，女，汉族，1984年1月出生，中共党员，陕西省西安市太白南路151号盛世太白小区居民，励志讲师。2004年，中国残联、教育部、共青团中央、全国妇联联合下发文件，将李智华树为青少年学习的典范。2014年，李智华获得"身边的陕西好青年"（自强类）等称号。2015年3月，李智华被共青团中央推选为全国"向上向善好青年"。

李智华出生在内蒙古通辽市扎鲁特旗伊和背乡赵家堡村一个农民家庭，父亲是位憨厚的农民，母亲患有间歇性精神病。李智华出生100天的那个晚上，母亲的精神病又复发了，离家出走，父亲去寻找母亲，将尚在襁褓中的李智华独自留在家中。就在这期间，家中意外发生火灾，李智华被抢救出火海后，虽然保住了性命，但永远失去了双臂，头及左脸颊也留下了永久的伤痕。

李智华家境贫寒，又偏偏失去了双手。是顺从命运的安排还是与命运抗争，她选择了后者，她相信自己通过奋斗能够做到和常人一样。哥哥姐姐上学去，李智华总是悄悄地跟在后面，校园里的欢声笑语让她感到一切是那么新奇。慢慢地，她学会了用脚趾夹着铅笔写字。刚开始时铅笔头怎么也夹不紧，她就用绳子把铅笔和脚趾捆在一起，绳子松了，就使劲勒。为了能写好一个简单的"0"，她竟整整练了1天，脚磨得又红又肿。内蒙古的冬天特别冷，由于不能穿袜子，李智华的双脚长满了冻疮，但她却从不哼一声。1990年9月，赵家堡村小学开始招收一年级新生，李智华因为残疾进不了教室，便拿几块砖头垫在脚下，悄悄地站在窗外听课；没有课本，她就牢牢记住黑板上的每一个字。有一次老师提了一个问题，班里的孩子们没有一个能回答上来，这时，却从窗外传来李智华清脆而准确的回答。在老师的帮助下，李智华终于走进了课堂。

1998年，李智华考取了旗重点中学，又遇母亲身染重病。白天，她用脚为妈妈煎药、喂药、做饭；夜里，她才能读书。这一年冬天，母亲的精神病发作，离家出走后去世。失去妈妈的李智华以坚强的毅力挺了下来，她要更好地活着，以告慰妈妈的在天之灵。她决心帮爸爸扛起生活的重担，开始用脚做饭、喂猪、种地，学会了用残缺的双臂开拖拉机，16岁出头的她竟成了家里能干的姑娘。

李智华为自己不成为家人的负担感到骄傲，可她的内心深处，始终不舍那个上学梦。2000年7月，李智华给当地电视台、报社写信，讲述自己的故事，发出"我要上学"的求助。包头市轻工业中专学校看到报道后，深受感动，破格录取了她。

2000年9月，她和姐姐到包头市学习。艰苦的环境磨炼了李智华的意志，也赋予她一颗善良的心。她经常帮助那些更困难的同学，为了帮助面临失学的同学申怀宝，她跟姐姐每月以申怀宝的名义给申怀宝家寄20元钱。2003年"非典"爆发，哥哥给她邮寄来300元，可李智华却用这笔钱给同学们购买了防护用品。

2003年，她用一双脚叩开了高等学府的大门，9月1日她来到西安欧亚学院。学院领导给了她许多关怀，免了她所有的学杂费，为她特制了专用的桌椅。2003年12月，李智华获陕西省大学生艺术节书法比赛第二名；2004年12月，获中国青年书法比赛陕西省青年A组一等奖。她的设计作品在院"师生作品展"上荣获一等奖。

李智华在欧亚学院学习的同时，还攻读了中国逻辑与语言函授大学的中文专业。2004年12月，她被中国逻辑与语言函授大学评为"十佳学习之星"，在人民大会堂接受表彰。2005年，她与众多明星一同参加全国妇联组织的救助"春蕾女童"活动，为救助女童筹集资金近万元。2006年7月，刚刚走上工作岗位的李智华将上班首月工资1000元钱送给身患白血病的13岁少女马依曼……

"天行健，君子以自强不息！"李智华用生命诠释着这句话，她虽然没有做出惊天动地的业绩，但在她身上所体现出来的宝贵精神和优秀品质正是广大青少年所不可缺少的。2004年12月18日，中国残联、教育部、共青团中央、全国妇联联合发出《关于开展向李智华同学学习活动的通知》，要求广大青少年向她学习。

2006年李智华参加了国家的专升本考试，在与几百名考生的竞争中获胜，考上了本院的本科。李智华在读大学期间，一直专注于青少年素质教育，毕业后一直致力于青少年的素质教育及心理健康。如今已是国家心理咨询师的她，成为中科院青少年心理健康与治疗专业的研究生，并立志做一名优秀的青年讲师。

2009年3月李智华正式来到西安刘墡心理咨询室工作，负责青少年心理健康咨询。近两年来，李智华经常参加社会公益活动，在"彩绘心灵，志愿同行"——西安市第四届智障人士艺术展上，李智华不仅在现场为活动组委会送字，还购买了多幅智障孩子的作品；在"成骨不全症患者救助项目"发起的"还好，我们的爱不脆弱——2010陕西慈善乐拍会"上，李智华和朋友们一起为一名叫成成的7岁男童捐款做手术，现在那个男孩已经康复上学了，李智华觉得特别开心！

2010年，李智华正式加盟郑州诗妍鼎洪教育集团组办的"教育·中国演讲团"。李智华

李智华做演讲

身残志坚的李智华

现在作为演讲团中最年轻的讲师,用自己坎坷的人生经历,自强不息、努力拼搏的顽强精神和博大的感恩情怀,鼓励了很多人,在国内教育界引起了很大反响。

2012年,李智华一家受邀做客凤凰卫视《鲁豫有约》栏目。节目播出后,有很多观众被李智华的精神感动,其中有一位特殊的观众来信,引起了她的重视。这是一位蓝田县的大哥,他刚刚两岁的小女儿身患白血病,但因家境贫困,令有80%治愈率的孩子只能苦等命运无情的审判。

可以说这是一份"救命信"。李智华也是一名母亲，她的孩子也刚两三岁，她以一个母亲对孩子本能的爱，第一时间联系到女孩子墨的父亲。第一次见面，她就给孩子送去自己全家的爱心，孩子终于有希望住进医院了。她得知给小子墨做骨髓移植手术需要50万元后，就开始了长达两个月的四处奔走，进学校、单位、企业，义务演讲募集善款，很多时候她甚至带上自己的孩子去呼吁……在多家爱心企业的支持下，众人援手，终于凑齐了手术费用，小子墨入住了北京道培医院，由姐姐捐给她骨髓，进行了骨髓移植手术。手术很成功，多方人士齐欢喜，可遗憾的是，由于孩子年龄太小，在接受治疗过程中肾脏受损严重，最终还是不幸离世了，但她的爸爸、妈妈、李智华阿姨及所有爱心人士，都给了她世间最温暖的爱。

李智华常说，她小时候经常会做同样的一个梦，梦里她拥有了一双手，她可以用这双手帮妈妈做家务，可以用这双手帮老师擦黑板，可以用这双手给自己辫辫子。现在，她长大了，再也没有做过那样的梦，但是她惊奇地发现，在她的身边有那么多双温暖的手，一直关怀和帮助着她。于是，她想到了舞蹈《千手观音》的编剧张继刚老师的一句话："一个人，只要你心中有爱，心地善良，一定会有一千双手来帮助你，同时，你也会有一千双手来帮助别人。"

14

毛茜
超越血浓于水的亲情大爱

毛茜，西安市高新区枫叶惠智社区居民。自 2005 年丈夫去世后，毛茜将公婆当作亲生父母一样悉心照顾。后来，她又开始照顾患病的大伯子和双方的儿女。她是邻里眼中的好女儿、好妻子、好儿媳，她用自己的实际行动诠释着"百善孝为先"的真谛。毛茜先后被评为"西安好人""陕西省道德模范"。

毛茜是高新区枫叶惠智社区居民，她为人淳朴，待人诚实热情。特别是她多年来一直赡养公婆，照顾大伯子，和睦邻里，是小区人尽皆知的好媳妇。

自从结婚后，毛茜夫妻俩和公婆住在一起。每天，丈夫外出工作，她在家做好媳妇，照顾公婆，时不时一家几口出去旅游，家人和睦，很少红脸吵架，在外人看来，毛茜及其家人的脸上总是洋溢着幸福的光芒。毛茜还是社区热心居民，社区志愿者服务队伍中总有她的身影。但是，幸福的生活总是短暂的。

2005年4月21日，毛茜的丈夫突发疾病，经抢救无效而撒手人寰。突然失去了最疼爱的小儿子，白发人送黑发人，老人们一时接受不了，每天以泪洗面，要不就是吵着要找儿子；孩子没了父亲，每天哭喊着要爸爸；毛茜也失去了主心骨，卧病在床。家里一时间乱了，平静消失了，生活几乎瘫痪了。更糟糕的是，承受不了丧子之痛的婆婆一年内住了4次院。痛苦之余，毛茜强打起精神，从一点一滴做起，把家里的生活秩序渐渐拉回正轨。婆婆住院，每次都是她一人精心照顾和护理。医院的医生都说："像你婆婆这样高血压Ⅲ级、糖尿病Ⅱ级、高血压型肾病Ⅲ级及尿失禁的病人，正常情况下早都卧床不起了，现在居然还能蹒跚走路，简直就是奇迹，多亏你照顾得好。"

丈夫走了　今生做你们的女儿

自从丈夫走后，全家老小的生活和家务重担一下子全都压在了毛茜的身上：老人年纪大需要照顾，孩子又正在上学，家庭的负担压得她喘不过气来。多年的操劳使得她也患上了高血压等疾病，但她宁愿自己受苦受累，也要让家人过得平安幸福。毛茜对待两位老人就像对待自己的亲生父母一样无微不至，尤其婆婆一生经历坎坷，更让她觉得应该让老人晚年过得幸福。她暗下决心：丈夫走了，我

毛茜照顾老人

就是老人的女儿。

婆婆很爱美，喜欢整洁，每当早晨帮助婆婆梳洗完毕后，婆媳俩在客厅里闲话时，她便会说："妈，我来帮您梳头吧。"然后帮婆婆头梳了一遍又一遍，直到没有一根乱发露在外面；否则，婆婆看到镜子里的自己头发乱蓬蓬的，连饭都不想吃了。由于公公年纪大牙齿不好，婆婆患有糖尿病，不能做大锅饭，她就对应地给两位老人开小灶。为了让老人吃得合口、吃得健康，毛茜自学老人饮食营养学。在有限的经济条件下，每天各类主食和水果、果汁等变着花样，想尽办法满足老人的需求。她每天的生活总是在忙碌中度过，按时给婆婆喂饭、喂水、擦洗身子、穿衣、端屎端尿、做按摩，一有时间还要推着婆婆外出逛逛，让她多接触人，晒太阳。隔三岔五地，还给老人晒被子，帮老人修剪指甲；老人的穿戴，从里到外，看不出一点儿污渍。虽然老人卧床多年，但身上很干净，人也很精神。每当老人发生其他病症，她都特别重视，寻医问药，一点也不敢怠惰，病情稍重就会及时送往医院治疗。为了让老人能有病早治疗，她还自备了药箱，掌握了简单的医理药理知识，感冒发烧等小病她随时都能给老人治。老人们住的房间非但一尘不染，而且没有丝毫别的味道，一盆鲜花、一盘水果，根本看不出那是老人住的。

毛茜除了照看老人，还要照看孩子上学，每天早早起床做好饭，先是洗脏衣服，然后拾掇家务。晚上还要陪孩子学习，孩子的成绩一直很好。她为孩子树立了榜样，耳濡目染，孩子也孝顺老人，有好吃的总忘不了爷爷，逢年过节也给爷爷买上点小礼物。毛茜常说："谁都有双重父母，谁都有老的那一天，我自己也有儿女，我也有需要别人照顾的时候，我现在得做出榜样来，好好孝敬老人，等我老了儿女才会孝敬我。"她是这么说也是这么做的。

不离不弃　我们永远是一家人

丈夫走后没几年，毛茜的婆婆也走了，丈夫的大哥又因为糖尿病生活不能自理，无人照顾而住进了家里，她又开始了照顾公公、大伯子及其儿子、自己的女儿一家五口的生活，重担又一次压在了她疲惫的肩膀上。起初，大伯子和他儿子换下的衣物不好意思让毛茜洗，而是父子俩自己慢慢洗，细心的她发现了这个情况，主动把他们父子俩的衣物拿来一起洗，她说："都是一家人，我每天都洗衣服呢，洗一件是洗，几件也是洗，不分这家那家的。"毛茜理解大伯子和他儿子的生活状况，主动打破尴尬，让他们放下心结。每天，毛茜的生活重心是从照顾两个病人开始的。她从不忌讳，从拿药、端水、端饭到端便盆、倒粪便、擦身、换衣物、换床单、洗洗涮涮，没有一刻停歇的，偶尔停下来的时候还要照顾两个孩子的生活。

自古道：久病无孝子。服侍病人既是一宗脏活，更是一件难事。毛茜数年如一日，服侍老人，既没有一句自认命不济的哀叹，更没有一句带情绪的怨言。面对这样艰难的境遇，她没有退缩，而是默默地伺候着自己的公公和大伯子，照顾着双方的孩子。

毛茜的命运是坎坷的，但她的事迹感动着我们，她是邻里眼中的好女儿、好妻子、好儿媳，更是我们学习的好榜样。多年来，她数年如一日地恪尽孝道，侍奉父母，善待他人。她的确用自己的实际行动诠释着"百善孝为先"的真谛。

15 于凤玲

诚实守信帮助她闯出了一片天地

于凤玲，陕西路安特实业有限公司董事长。多年来，她坚持诚信创业，为了企业信誉她曾贷款 35 万元履行合约、还清债务，并在产品出现问题时积极赔偿客户的损失……她的诚信赢得了大家的赞誉。她先后获得了"爱国企业家""全国三八红旗手""全国公益人物""西安好人""陕西好人"等荣誉。

于凤玲，女，陕西路安特实业有限公司董事长。1980年，18岁的于凤玲在闻名遐迩的刺绣之乡周至县哑柏镇创办了大华纺织品公司，从事纺织品的加工销售。

于凤玲1962年出生于周至哑柏镇一个贫苦的农民家庭。从小在艰苦环境中成长的她，立志长大后要干一番大事业。30多年来，她从一个小老板发展成为资产过亿的知名企业家，先后获得了"爱国企业家""全国三八红旗手""全国公益人物"等20多项荣誉。

她还是陕西省十二届人大代表、陕西省女企业商会副会长、陕西省慈善协会理事、陕西省工商联执委委员、西安市十五届人大代表、西安市十三届政协委员、西安市工商联常务委员、西安市女企业家协会副会长、西安市灞桥区工商联副主席、中国质量管理中心常务副理事长、北京陕西商会副会长。她诚实守信、诚恳负责的态度令众多客户折服。2015年3—4月，她成为陕西好人榜"诚实守信好人"候选人。

艰难创业不失信

1980年，当改革的春风在中国大地刚刚吹起的时候，18岁的于凤玲在闻名遐迩的刺绣之乡周至哑柏镇创办了大华纺织品公司，从事纺织品的加工销售。创业之初，于凤玲踌躇满志，决心大干一番事业。她靠着自己的一股子"闯"劲，走南闯北，上新疆，下河南，带着几十千克的刺绣品，挤火车，坐汽车，走街串户推销产品。饿了吃口干馍，渴了喝口凉水，晚上睡地铺，白天跑市场，尝尽了创业的辛酸苦辣，硬是靠着不怕吃苦的精神，打开了一片创业的天地。

1987年，创业不久的于凤玲由于对市场规律把握不准，使企业遇到了高达30万元的严重亏损。除了欠客户10多万元的材料款，最让她头疼的就是同客户已签订的20多万订单也将违约。一连几晚，她辗转反侧，难以入睡。家人劝她把厂子卖了还完欠款了事，她说："卖厂子还钱容易，但失去客户信任，以后还咋做事呢！"在那艰难的日子里，老乡张洪波、张二狗知道她的事后，鼓励她重新开始，分别借给她10万元、15万元钱。2000年初，企业走向了良性发展，她不但还上了所有借款，还拿出50万元钱在周至哑柏镇仰天河上为乡亲们修了一座桥，报答家乡父老。

严把质量求生存

为了做大做强企业，2001年于凤玲在西安注册成立了陕西路安特实业有限公司。初进大城市，于凤玲凭一股倔强的"牛劲"和坚韧不拔的毅力，带领十几个姐妹赴中原、下江南，没黑没明学经验、跑市场。她们把产品质量作为企业的生命，坚决做到产品不短尺少寸、不以次充好、不坑蒙客户。2013年10月8日，成都客户陈州良从公司购进300条床单，价值2万元，货到成都，客户验货时发现有质量问题，产品掉色特别严重，公司当天派出质检员去成都处理此事，赔偿客户全部损失。公司以此为教训，重新制定生产质量流程，做到产品质量到人，杜绝此类事件，产品质量得到有效保证，企业获得了强大的生命力。

2014年6月10日，公司和蓝田一家加工点签订了1万条床单的加工合同，总价值50多万元。验收货物时，发现有500条床单锁边不齐。对方老板请求于凤玲看在多年交情的份上收货。于凤玲耐心地说："我们靠的是产品质量和信誉才发展到今天，当初也是看重了你们加工产品的质量，如果碍于面子收货，以后谁还来买我们的商品！"听了于凤玲的一席话，对方老板激动地说："损失我认了，这批货重做，此类事情以后保证不会再出现。"

诚实经营拓市场

2011年,公司投入上亿元落户西安纺织工业园区。新建厂房和新增设施投入较大,有人向于凤玲建议做假账逃税以多赚钱,遭到拒绝。她说:"这不是我于凤玲的做事风格,快别动这种心思了。"当年,她如实依法纳税150万元。

2013年10月5日,公司从江苏省南通市六合家纺公司采购50包四件套,一包20套,每套价值500元,总价值50万元。货到公司后,发现每包多出20套。库管员高兴地对于凤玲说,咱发财了,花一份钱买了两份货。于凤玲严肃地批评了库管员,并立即给对方打电话

于凤玲在汉中市略阳县小学为学生捐赠学习用品

说明情况。对方老板激动地说:"于总不愧是咱行业里的诚实人。"

2014年8月3日,贵阳客户王九兵在购货过程中,多给公司汇了135万元。于凤玲知道后,让财务立即将多出的135万元汇给对方。

像这样的例子还有很多。

2013年,路安特公司获得"陕西省纺织行业经济效益先进单位"称号;2014年,公司获得陕西省"三八红旗集体"荣誉。

引导乡亲讲诚信

发达起来的于凤铃并没有忘记乡亲们。2013年7月的一天,于凤玲回到周至县哑柏镇召开纺织品销售座谈会。会上,从事家纺行业30年的老板王棉叶问:"为什么咱家乡的产品销路越来越窄?"大家都默不作声。于凤玲说:"80年代哑柏刺绣红遍大江南北,那时用的全是好面料,不短尺少寸,当然有市场。销路好了,一些人追求眼前利益,偷工减料,顾客使用后面料起球、掉色严重,哪还有市场!"这次讨论会使大家深刻认识到"诚信走得远,投机取巧道路短"这个道理。

2013年10月,于凤玲到家乡哑柏镇上阳化村刘建峰的加工厂检查产品质量时,对刘建峰说:"你们只求数量不管质量,是不讲道德的。"刘建峰生气地说:"我就是这么干,你爱加工就加工,不加工随你便,我的活还干不完呢。"于凤玲耐心地对他分析过去哑柏市场盛极而衰的原因,3个小时做通了刘建峰的思想工作。他立即停下生产,组织员工开会,请于凤玲讲课。第二天,他们把质量差的产品全部返工,并定下产品质量制度。此后,刘建峰的生意越来越好,工厂增加了20多台机器,解决了30多人的就业。像刘建峰这样跟着于凤玲干的厂子在周至哑柏镇有15家之多,1000多名农民在家门口获得了稳定收入。

16 夏雨含
默默救人的高中生

夏雨含,西安市惠安中学学生。2015年4月5日,栗峪河水位暴涨,3名儿童不慎落入河中,先前施救的老人齐兴有也因体力不支被困水中。路过的夏雨含跳入近2米深的河水,在村民协助下将4人救上岸。事后,夏雨含被评为"美德少年"、西安市"三好学生"、"西安好人"、"陕西省道德模范"等。

校园中的夏雨舍

2013年夏雨含以优异的成绩考入惠安中学。从开学第一天开始，他就热心于班里的各项事务，积极参加各项文体活动，在同学遇到困难时，他总能及时地伸出援助之手，尽自己所能给予帮助。他用一个个简单朴实的善举影响着身边的同学。

惠安中学"成己为人"（即成就自己，服务社会，做一个有益于社会的人）的办学理念深深影响着他的成长过程，他沐浴在"好人教育"的阳光雨露中，体验着丰富多彩的德育实践活动，学校立德树人、文化育人的理念已深深根植于他的心田。

2015年4月5日下午4点左右，户县涝峪景区管理局新村村民石宝林的3个女儿带着他不足3岁的小外甥到栗峪河东岸上游玩耍。此时的栗峪河因连续数天的降雨，水位暴涨，河水湍急浑浊，在河面上前两个滚水坝之间，形成了一个面积较大的湖面。

当4个小孩从最南边的滚水坝上经过时，其中一个9岁小女孩不小心把手里的东西掉进河里，她便蹲下身去捡拾，不慎滑入水中。这时候，另一个与她同岁的小女孩赶紧伸手想要拉住落水女孩，但是湍急的河水带来的阻力不是一个9岁孩子能够承受的，她也在拉扯下落水。12岁的姐姐看到两个妹妹落水，慌忙之下，顾不得思考，就急忙去拉，也落入水中。不足3岁的小外甥站在岸边，吓得直哭。

同村77岁的齐大爷正在附近，看到3个孩子落水，赶忙下水试图救人。但是老人由于年龄大，在湍急的水流中只能趴在岸边勉强抓住离岸较近的两个孩子，而且体力慢慢透支的他随时都有和孩子们一起被冲走的可能。就在这危急关头，夏雨含和姐姐骑着电动车路过此处，循着呼救声，发现河中的紧急情况。他便让姐姐赶紧打电话找人帮忙。面对2米深的冰水，夏雨含毫不畏惧，来不及脱掉衣服就冲下河道，跳入水中。他先游向深水处，抓住最先落水的女孩，将她的头用力托出水面，使她保持呼吸畅通；然后赶紧游到老人身边，在岸边的石缝中，找到落脚点，站稳后用力将孩子往河岸上推。这时，邻村的村民闻讯也赶来了，在大家的帮助下，3个孩子和老人都得救了。

上岸后，夏雨含立刻检查几位落水者的身体情况，发现其中两个孩子只是呛了水、受了惊吓，老人在冷水中站立时间过长有些行动不便，而最后救出的小孩则一直处于半昏迷状态。他赶紧用学过的急救知识拍击半昏迷孩子的背部，直到她吐出些污水、转危为安，才松了口气。安顿好落水者后，夏雨含就悄悄地离开了。事后，被救的老人说，他在水中也快坚持不下去了，要不是夏雨含及时搭救，别说救别人，连自己的命都保不住。回忆起当时的场景，夏雨含对记者说："事后我站在河边望着湍急的水流，也是心有余悸。但得知小孩和老人都安好后，我内心十分欣慰。"

当天夏雨含浑身湿漉漉地回家后，家人也并未将孩子救人的事告知学校，直到4月14日石宝林和教场新村村主任等一行10多人给学校送来感谢信和锦旗，夏雨含的事迹才广为人知。

夏雨含的班主任王辉说："后来，我了解了事件的全部过程，还亲自去了救人现场，看着湍急而下的黄泥水，对孩子这次英勇壮举有了更深层次的体会：生命，如此珍贵。4名落水者有老人、有小孩，他们有的还未体验青春的美好，有的饱经沧桑却未尽享人间天伦。当冰冷湍急的河水残忍地冲刷着他们生存的丝丝希望时，他们是多么的恐惧与紧张，多么的渴望与期盼！当夏雨含面对这奔流的河水纵身一跳时，4个生命从此而发生改变。他用本能的善良，带给他人生的希望，留给自己死的危险。他第一时间的纵身一跳，这强烈的救人意愿，是一个人本性友善的定格照，'跳'出了新一代中学生英勇、自信、果敢、坚强的优秀品质；他在第一现场中的睿智处理，表现出了他良好的综合素质；他救人之后的淡然处之，

夏雨含风采

是他长大成熟的具体体现。在生与死的抉择中，他临危不惧，毫无私心杂念，救人时他甚至来不及脱衣服就跳入冰冷的河水中。伟大的壮举背后，不仅仅是智和勇，还是他淳朴、厚道、善良、仁爱的本性。欣喜之余，我为教育生涯中能有这样的学子深感自豪。"

夏雨含在危急时刻勇于救人，也很会救人，从救人前安排表姐打电话叫人的统筹分工，到跳水后趁着有力气先把落水最深的孩子拉回岸，再到上岸后实施急救，整个处理过程很科学，这和他日常所受的安全教育分不开。"学校一直进行防火灾、防溺水等安全宣传教育和应急演练，教育学生们既要见义勇为，也要科学救人。"惠安中学校长每世英说。

了解到夏雨含同学的事迹后，西安市文明委决定在全市广泛开展向夏雨含同学学习的活动，并授予夏雨含西安市"美德少年"荣誉称号，西安市教育局也授予夏雨含西安市"三好学生"荣誉称号。

一位高中大男孩，在千钧一发之际表现出的勇气与机智，令人赞叹。好人好事的背后，也离不开学校、家庭、社会正确的教育引导，这会让更多的人在力所能及的范围内伸手相助。

在家里，夏雨含尊敬长辈，孝敬父母，主动帮助父母干家务活，是一个好孩子；在学校，他不但成绩优异，还不怕脏不怕累，热爱班集体，用自己的实际行动展示了一个好学生的形象。

被救孩子的家长在感谢信中说："夏雨含给了3个孩子第二次生命，我们非常感谢夏雨含的父母教子有方，同时还要感谢惠安中学能培养出这样品学兼优的好学生！"

夏雨含身上显现出来的良好品质，彰显了中华民族的传统美德，也契合了当代社会的一种民心期盼，让我们向这位平凡的好青年点赞，向他致敬，向他学习。

17 石志光
热心公益事业的模范代表

石志光几十年如一日，助人为乐，为部队、为社会奉献爱心，他自己掏钱租赁电影胶片，自己掏钱购买电影放映机、数字电影机等设备，免费为部队官兵和各族群众放映电影，为群众带去欢乐和享受。他是三秦父老家喻户晓的爱心使者、热心公益事业的模范代表，曾被授予"西安市十大道德模范"称号。

石志光为八一街小学学雷锋示范班授旗

石志光，1948年7月出生，中共党员，中共陕西省和西安市第十一届党代会党代表，政协西安市莲湖区第十届、十一届、十二届、十三届委员，中国石化西安石化分公司退休员工，陕西省学雷锋志愿者，中国人民解放军驻陕部队军外指导员，陕西省民族团结进步志愿者，西安市和莲湖区关工委志愿者，西安市和莲湖区精神文明宣传员和志愿者，是三秦父老家喻户晓的爱心使者、热心公益事业的模范代表。

石志光几十年如一日，以雷锋为榜样，助人为乐，为部队、为社会奉献爱心，他自己掏钱租赁电影胶片，自己掏钱购买电影放映机、数字电影机等设备，免费为部队官兵和各族群众放映电影，为群众带去欢乐和享受。他把从工资中省的、嘴里抠的、在外打工挣的钱全部用在关爱社会和古城西安的公益事业上。石志光先后更换、购买了7套电影机，走遍了全省的107个市、区、县，走遍了驻陕的20多家部队和大专院校、中小学校、社区、乡镇，有近百万人观看过他放映的电影。他行程10万多公里，相当于绕地球走两圈。他长期坚持义务为部队官兵、各族群众做好事、送温暖，义务放映电影达3600余场；并专门设计制作并播放反映以精神文明、道德文明、关心青少年下一代、消防安全知识、交通安全知识和环境保护等为主题的电影、专题教育片和PPT，如《忠诚与背叛》《飞越老人院》《横山号》《杨善洲》《孝行天下》《老百姓是天》《高血压防治》《酗酒的危害》《让生命远离火灾》《周恩来的四个昼夜》《焦裕禄》《复兴之路》等。他从不收取群众一分钱，不吃群众一顿饭，不收任何礼品报酬，更不要国家的经费和补贴，一直坚持到今天。

长期以来，石志光以百折不挠的精神，积极带头参加西安市和莲湖区委、区政府、区政协组织举办的学雷锋献爱心、文明水滴、道德讲堂、追梦想、促发展、建设丝路新起点、热心民族团结进步、关爱下一代爱心工作等公益活动，积极参与莲湖区委宣传部组织布置的各项工作及活动，并带头参与莲湖区北院门街道办事处的各项活动。每年为西安市和莲湖区9个街道、区政协、区委宣传部、老龄委、关工委、司法局、民族、教育等部门组织的巡回宣传活动义务放映优秀影片达200余部，深受全市、全区各族群众的爱戴和欢迎。每逢莲湖区委、区政府组织各项宣传活动，石志光都会带着自己的调音台和大型音响设备积极到场参与，从不缺席。石志光还积极协调市民委、区民宗局，组织清真大寺等回坊百名60岁以上群众于2013年3月12日赴蓝田，进行植树义务劳动。2013年3月至2014年6月1日，在莲湖区委宣传部和区关工委安排下，石志光为全区群众做了"道德讲堂""老少共话中国梦""追梦想、为美丽西安喝彩"等40多场演讲报告，受到市委宣传部、市关工委领导和莲湖区委各级领导的高度评价和赞扬。2014年6月1日端午节，石志光和学习巷社区代表北院门街道办，看望慰问在秦岭山下演练的解放军通信学院数百名军校学员，做了热情洋溢的演讲并放映了最新革命教育大片《湘南起义》，得到学院首长的高度评价和全体学员经久不息的掌声。30多年来，他先后调解军地矛盾10多起，做好人好事数千件，并先后巡回为部队官兵、陕西高校、中小学校和地方群众做报告近百场。

他以无怨无悔、永不生锈的螺丝钉精神，30几年如一日，用自己的虔诚奉献社会公益事业，把崇德向善的形象定格在精神文明和全社会公民当中，情节生动、事迹感人、群众认可、组织肯定。部队官兵称他是"雷锋的战友""砺剑园中的石大爷"；群众赞他是"老百姓的活雷锋""播撒精神文明的爱心使者""回回民族的模范""古城西安的好人"。

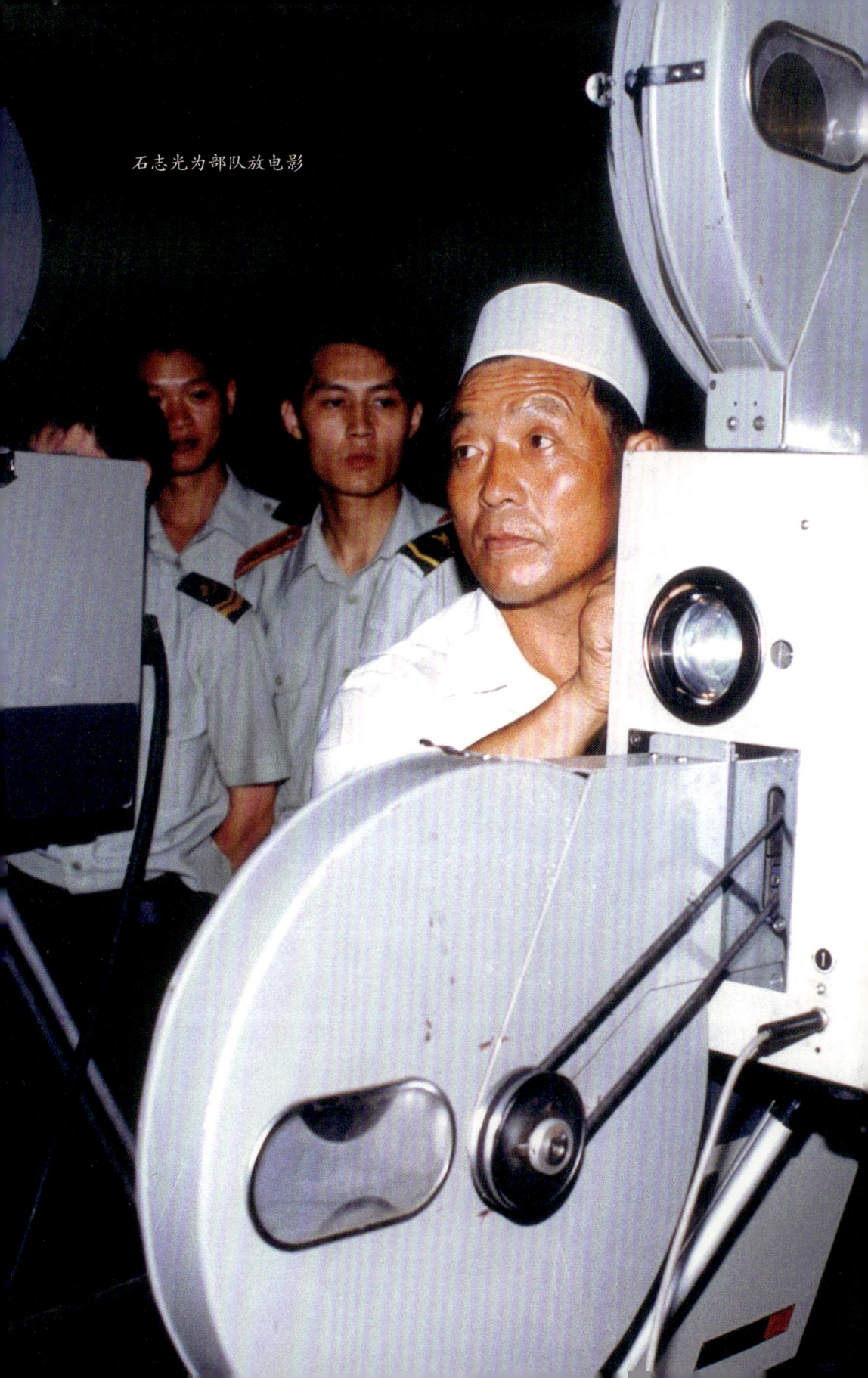
石志光为部队放电影

石志光先后荣获"全国爱国拥军模范""全国民族团结进步模范""全国首届119消防先进个人""全国热心消防公益事业先进个人""陕西省学雷锋先进个人""西安市优秀共产党员""西安市文明市民标兵""陕西省时代先锋""西安市十大道德模范""中国石化劳动模范""陕西省拥军优属先进个人""陕西省普法模范""西安市关心下一代工作先进个人"等荣誉。

《陕西日报》《陕西老年报》《西安日报》《西安晚报》《阳光报》《当代陕西杂志》《陕西民族宗教杂志》《西北民兵杂志》《西安市关爱下一代杂志》等媒体,多次报道了石志光学雷锋的先进事迹。贵州省电视台、陕西省电视台、西安电视台等拍摄并多次播放了石志光事迹的专题片《陕西达人——石志光》《放电影的义务兵》《把欢乐带给群众的人》《献爱心的回族老人》《诉说——石志光》等。《人民日报》在头版头条刊登了由记者梦西安采写的《拥军雷锋——石志光》的报道。八一电影制片厂还将石志光的事迹拍成纪录片,在全国上映。西安市秦腔一团根据省委、省军区文件精神,将石志光的模范事迹编排成大型秦腔现代剧《基石赋》,在全市、全省乃至西北五省进行了公演,引起了全社会的强烈震动。

石志光为社会所做的一切,呼唤着高尚与诚信的回归,传承着中华民族的优秀美德,更代表着中华儿女精神世界的支柱。他以无怨无悔的行动做了37年的公益工作,沿着雷锋的足迹,从不气馁、从没间断、从没索取过;他用自己的行动,带给这个社会一种感染、一种启发、一种爱心的展示、一个美丽的中国梦。瞬间的惊天动地、一时的轰轰烈烈是伟大的,作为一个67岁的老年人,石志光把一个世纪的三分之一时间用于做有利于社会的善事、公益事,持之以恒,分文不要,不求回报,坚持不懈,又何尝不是一种伟大,不是一种感动社会、感动古城西安、感动三秦大地的爱呢?

18 龚治安
朴实情深的大孝子

龚治安,西安铁路局职工。几十年来,他孝敬老人,对父母、舅父舅母、岳父岳母付出了很多很多,既劳心又劳身,但他总是那么精神饱满,以一颗赤诚之心孝敬着老人。龚治安的孝心感动了很多人,他先后被评为陕西省"十大孝子"、陕西省道德模范,并登上"中国好人榜"。

大孝子龚治安

龚治安系西安铁路局职工，1955年8月出生，家住北郊凤城一路西铁大明宫小区西区。

1986年，他送走了自己病故的父亲。他的母亲体弱多病，常年看病吃药，1990年后患脑萎缩，渐渐地糊涂起来，1995年后基本失去记忆。她认不清家人，早年还会出门回不了家，经常急得家人四处寻找，之后他就不敢让母亲独自出门。后来母亲又多次因重病住院，2001年完全失去记忆，完全不认识家人，经过他们夫妻二人的精心照料，稍稍有所好转。2010年年初，他的母亲又因脑出血住院。90岁高龄的人做手术是很危险的，医生说："如果保守治疗，两三天就过去了，如果做手术还有万分之一的希望。"他实在不忍心放弃，决定手术，最后在脑部做了个大手术，命算是保住了，但老人手术后一直没有苏醒。在医院住了一个月后，他决定带老人回家继续调养，几年过去了，老人病情依然如故，呈植物人状态。

龚治安不愿放弃任何希望，可是照料植物人根本不是那么简单的，绝对是异于常人的。老母亲现在不会说话、不会行动、不懂表达，吃喝拉撒等一切都要靠他来照顾。但是他从没有怨言，还想出很多方法来细致地照顾老人。为了保证母亲的身体机能不退化太快，必须不停地给母亲翻身拍背，几年来他一直坚持每两小时翻一次身、拍一次背、换一次尿垫，每天24小时就要翻12次身、拍12次背、换12次尿垫，晚上也不例外。可以说这几年来，他没有睡过一次完整的安稳觉。他还为母亲买来了防褥疮床垫。植物人状态的母亲每天要喝多少水、吃多少饭，都有定量，不能少，少了会影响老人的身体机能，可她又不会吃，只能插入胃管，用带刻度的针管定时为母亲一点点慢慢地往胃里打饭，全是流食。为了母亲的营养均衡，他就把肉烧得很烂，还把各种蔬菜煮烂煮熟，然后细致地剁成肉末和菜末，搅拌在汤里再打入胃管，每天变换不同的食材，每一个月就要更换一次胃管。

由于膳食营养调剂得好，他母亲的体重还在70多斤，全身上下无一处疮伤。他母亲经常排便难，有时20天左右都不排便，他怕母亲憋坏了，就想出各种办法，如：打菠菜水、打药，实在不行他就为母亲人工掏便。为了母亲身体不受伤害，他认真挑选购买了最好的老人专用尿垫、尿不湿、尿片，每天平均要用12片左右。在他看来，再脏再累都是小事，只要母亲能好起来比什么都让他高兴。

母亲已经不会吞咽，所以会出现积痰现象，如果肺部积痰就会影响到呼吸，所以他除了拍背外，还自制了许多的大棉签，帮助母亲清理口腔，还购买了高档的全自动制氧机，保证母亲的呼吸顺畅。他期盼母亲苏醒的心情以及对待老人的孝心，让所有的亲戚和周围的邻居朋友们十分感动。

除了对母亲孝敬，几十年来他对岳父岳母也孝敬有加，前几年还主动为老人买了房子，让老人搬到了自己的身边居住，就是为了方便照顾他们。他一直都是这么无微不至，许多年前人们都烧蜂窝煤，既脏又累，他就主动给老人送去煤气灶和煤气罐。后来，他又担心有时煤气跟不上来会影响两位老人的生活，就送去了电磁炉，天气冷了又送去了电暖气，天热了又送去了电风扇，逢冬遇夏都会给他们买棉衣单衣。他希望老人生活得好，在几十年间，电视机从黑白到彩色，从小彩电换到大彩电，总之，他好像不给老人做点啥事心中就空虚似的。每做一件事都让老人们感到很突然，他从不事先告知。老岳父喜欢书法，他就买来笔墨纸砚；老岳母多次生病住院，他总是跑前跑后守护在病床前，抢着交住院费，送吃送喝。几十年来，邻居们都知道了这个孝顺的好女婿。

他常说："我还有5个老人（母亲、舅父、舅母、岳父、岳母），都是我的责任，是我分内的事，我应该永远孝敬他们。"他的舅父舅母实际就是他的亲生父母,而现在的植物人母亲实际是他的姑母,他2岁时被过继给了姑母。他的舅父舅母也已分别是90多岁和80多岁的高龄老者了。他的舅父10年前就有心脏病、脑梗,早已行动不便,这些年来还是他在照顾,老人生病住院出院、家里的大事小事,都是他不辞辛苦地跑前跑后。他还经常说:"两个母亲的生育之恩和养育之情都是今生报答不完的。"他对老人就是这样的敬重和孝敬。

他还有一颗宽容大度的心,比如几年前有位送奶的农村姑娘骑自行车将他舅父碰倒,还摔坏了一块名贵的手表,住院就花去3万元。可他说,一个农村女孩送奶打工能挣几个钱,算了,由它去吧。其实他自己的家庭条件也并不是很优越。

龚治安接受"新华保险杯第六届十大孝子"表彰

在自己的兄弟姐妹之间，谁有困难，他也是能帮就帮、亲密无间。不论是在工作上、经济上、生活情感上，龚治安都是那么热情感人，从不吐露自己的艰辛。

他与爱人并肩携手也已经共度了30多年。让大家羡慕的是他们两口子从来没有红过脸、吵过架，是大家公认的和睦家庭，是创建"和谐社会"的优秀分子。

"树欲静而风不止，子欲养而亲不待"，这道出了许多儿女心中未完的夙愿，当老人离开人们才知道后悔的话，那就真的是无法弥补的缺憾了。现今社会有不少儿女不愿赡养老人，推来推去，也许，他们从没有想过老人曾为他们付出过多少辛劳。而龚治安这个普通平凡的人几十年如一日，做到并坚持着孝敬身边每一位老人。其实他也已经步入花甲之年，可他不但没有推卸过自己应尽的孝敬老人的义务，而且还主动要求照顾每一位老人，不怕苦、不怕累。这份坚韧、执着、朴实，让我们深深地感动着！

总之，几十年来他孝敬老人，为父母、舅父舅母、岳父岳母付出了很多很多，既劳心又劳身，但他总是那么精神饱满，以一颗赤诚之心孝敬着老人。几句话难以表达我们对他的称赞，他的事迹给了我们许多的启示：在我们父母有限的生命里，用我们自己的爱为父母撑起一片天！更希望社会能将这样真实感人的孝子事迹给予宣扬，为我们这个和谐的社会再添上重重的一笔！

19 邢建民
义务为群众拍照的摄影人

邢建民,陕西省建设厅退休职工。退休后,邢建民花费 10 多万元积蓄,购置了一套专业的摄影器材,到全国各地为农村百姓免费拍摄全家福。截至 2015 年 9 月底,邢建民已经自费冲洗了 22300 余幅照片并免费邮寄给拍摄对象。邢建民的事迹曾被中央电视台报道过,并被评为"西安好人"。

邢建民讲述照片背后的故事

邢建民,中共党员,陕西省建设厅一名普通的退休职工。他年轻时就酷爱摄影,尤其深爱拍摄全家福系列题材。几十年来,他为家人和身边的亲朋好友在重大节日中拍摄了许许多多极具纪念意义的珍贵照片。

走进邢建民的家,可以看到墙壁上挂有多幅记录重大节日中全家人齐聚一堂的盛大、庄重而又温馨的全家福照片,这些全家福不仅将当时场面真实地保留下来,更将全家人的血脉深情紧紧凝聚在一起,充满了爱的力量。

这一切都源于60年前的一张如今已经泛黄的照片。1957年,邢建民远在新疆当兵的大哥想念家人,在富平县城工作的二哥就把庄里照相馆的师傅请到家中,拍下了第一张全家福。"如今哥哥们

邢建民为老人展示自己拍摄的全家福

都不在了，我想他们的时候就看看照片……"邢建民抚摸着已经泛黄缺角的老照片，说着说着不禁哽咽失声，"照片背后的故事胜过千言万语，通过照片，可以细想起我们在一起生活的很多细节，令人感动、感慨，成为挥之不去的记忆。"

往昔的欢乐和对故去亲人无尽的思念，让邢建民对全家福这种摄影种类有种特殊的情感。"一张照片就是一个念想。我从全家福照片里感受到了亲情，想给更多的人留下亲情和团圆的记忆。"邢建民如此解释他对拍摄的执着。

2007年，邢建民正式退休。退休之后，老邢有了更多可以自由支配的时间。在热爱摄影和热心奉献精神的驱使下，他决定端起相机，到偏僻贫穷的农村、到交通不便的大山深处，为那些普普通通的老百姓免费拍摄全家福。

于是，在家人的深切理解和大力支持下，他花费了10多万元积蓄，购置了一套专业的摄影器材，背上行囊，到全国各地为农村百姓免费拍摄全家福。截至2012年4月底，他利用5年的时间，自费出资，已为580个家庭义务拍摄了全家福，受拍人数达5065人，个人肖像200幅。

2012年5月13日，在第19个国际家庭日来临之际，他在西安碑林博物馆举办了"邢建民《家园》"主题摄影展，并将在此次摄影展中展出的照片免费返还给受拍者；对于肖像收入《家园》一书的受拍者，他免费赠送他们《家园》和《起航》摄影集。

家庭是社会的"基本细胞"，家庭的和谐稳定是社会安定、人民幸福的基石。他之所以选择在第19个国际家庭日来临之际举办"邢建民《家园》"主题摄影展，主要是想通过他不远千里、不辞辛劳、不计花费从全国各地拍摄到的各地区、各民族家庭洋溢着深深幸福的全家福照片，唤醒人们对家庭的温馨记忆，激起人们对父母之恩、子女之爱、手足之情的留恋，提高政府对家庭问题的关注和重视，帮助和引导公众对家庭问题进行深入思考和认识，加强政府和民众对社会、经济、人口对家庭影响的理解，促进家庭的和睦、幸福和进步，维护社会安定、团结，以更好地应对自20世纪80年代以来全世界家庭数量急增、家庭规模日趋缩小、离婚率普遍上升的社会现状。

渐渐地，邢建民有了为全国56个民族拍摄全家福的想法。

免费帮人拍全家福，尤其是还要拍56个民族的全家福，真是说起来容易做起来难。老邢介绍说，开始拍摄之前，很多民族的名称自己都叫不上来，只好在网上查资料、找名称、找聚居地，找到后，费尽周折跑去，再寻找愿意配合的人选和合适的家庭。为了拍好民族全家福，在一些少数民族聚居地，他还专门请了翻译。

田间地畔、山前屋后、村头巷尾……邢建民深入各民族主要聚居地，用镜头记录下普通群众最原生态的生活场景。一个满是换洗衣物的大皮箱，一个装着3台相机的设备包，绝大多数时间里，他都独自一人带着这重逾80斤的装备上路，一出门就是一个多月。电脑和移动硬盘里存储着超过1500G的照片。

为了寻访神秘的独龙族，2013年11月，邢建民完成云南大理白族自治州、德宏傣族景颇族自治州等地的拍摄计划后，独自搭乘中巴车，溯怒江而上，"早晨6点多就出发，走了12个小时才抵达云南省最西北端的贡山独龙族怒族自治县丙中洛乡，沿途右手是崇山峻岭，左手便是怒江峡谷，狭窄的山路错车都很困难，很多江边路段还发生垮塌"。

朋友介绍了丙中洛乡卫生院的老同志余茂华，老余在当地人脉很广。第二天，他带着邢建民从乡上出发，又跋涉60多里地，辗转来到小茶腊村，在那里拍下了数十位身披五彩线手工织成的"独龙毯"

的当地村民的全家福。

邢建民此行还拍摄到了独龙族"文面女"的珍贵画面。最令他难以忘怀的,是当地怒族、傈僳族村民听说从陕西来了个民间摄影家,免费给大家拍全家福,纷纷找到余茂华要求合影。"我说我这次是专程来拍独龙族的,怒族群众的照片之前都拍过了。人家老余跟我讲,这几个民族的群众平时处得就很好,你只拍独龙族不拍别人,人家独龙族村民也不答应!"邢建民笑着翻出一张照片,画面里,他给当地5个民族的群众又补拍了一张围在火炉旁唱歌跳舞的大合影。

在贵州省黔东南苗族侗族自治州,邢建民拍摄到了一户多民族通婚、四代同堂的欧氏大家族,"一家人里就有瑶族、苗族、汉族、水族、布依族5个民族"。

截至2015年9月底,邢建民已经自费冲洗了22300余幅照片并

邢建民在拍摄全家福

免费邮寄给拍摄对象，"在个人'圆梦'的小'私心'之外，我更希望让每一位被拍摄者都分享这份温馨"。

年届七旬的邢建民如今仍在四处奔波。邢建民的老伴杨桃芳说："老邢这不是一时冲动，而是多年来深思熟虑后形成的坚定信念，否则以他的年纪和身体根本坚持不下来，子女都很理解老父亲的心愿，在经济上也默默支持了很多。"

在云南德宏州，他托朋友联系当地一位村干部帮忙协调拍摄。"照相不要钱？还免费寄回照片？"村干部怀疑邢建民的动机，在他拍摄当中对他始终拉着个脸。邢建民见怪不怪，掏出手机，网上一搜全是关于他公益行动的媒体报道。"那个村干部一看，脸色大变，'老兄，我误会你了，还需要我做啥，你尽管张口'！"

"各民族都有一颗火热的心。"邢建民向记者感慨道。在西双版纳州景洪市基诺乡巴朵村，他在村会计布鲁资的协调下，拍摄我国最后一个被确认的民族——基诺族村民全家福后，误了返回景洪市的最后一班长途车。大山深处，一家旅店也没有，见此情景，布鲁资主动邀请邢建民到自己家睡一晚。"不仅给我解决住宿，家境并不宽裕的布鲁资还到自家池塘里捞鱼，又宰了只鸭子，盛情款待了我一番。"邢建民动容地向记者道，不擅饮酒的他，当晚也多喝了两杯。

2015年9月，正逢西藏自治区成立50周年的好日子，邢建民也准备了自己的"礼物"：年轻时曾在林芝当过兵的他，时隔多年再上雪域高原，用近一个月时间拍摄了藏族、门巴族、珞巴族的民族全家福。"拍完这3个民族，我就实现了为全国56个民族拍摄各族全家福的梦想，之后我准备在西安举办封镜仪式，同时出版全家福影集，"邢建民眉角一扬，"至于影集的名字呢，就暂定《石榴籽》。"

在免费拍摄全家福的同时，邢建民足迹踏过之地也都播撒下了爱的火种。在多年的拍摄中，他每走到一处，只要遇到需要帮扶的人和事，他都会毫不犹豫地尽己所能、慷慨解囊。已经数不清有多少人感受过他的温暖、接受过他的帮助。

更为难得的是，邢建民和他爱人及子女，利用逢年过节之际，深入农村给老百姓免费拍摄全家福，记录下节日氛围中全家人团团圆圆的温馨、幸福、感人的画面。其中，有几幅特别能引人思考、触动心绪的全家福：一幅是一个村子全村人聚在一起拍摄的"全家福"；还有一幅是村中留守老人和儿童集中在一起所拍摄的，老人和儿童眼中流露出对远在城市务工的亲人的无限思念之情，深深触动了每一位看到照片的人。

在拍摄当中，如遇到80岁以上的老人，邢建民的爱人就会亲自为老人佩戴寿星大红花，并带上四样礼品去老人家中拜年，这样的活动邢建民一家三代都参与其中。不仅如此，在宁强地震灾区拍摄全家福时，他还对辍学的孩子、幼儿园的孩子奉献爱心，成立了胡杨助学基金，使60多名学生受到资助。

对陕西儿童村的孩子他也奉献着自己的爱心，一次，他还带着两个家庭的3个孩子到省女子监狱去探望他们的妈妈。在拍摄民族全家福的过程中，他也多次展现民族情怀，如有些村子集资修路，他便奉献爱心，捐资修路。

邢建民在付出的同时，也收获了因爱带来的幸福和快乐。他自己出资，深入农村为百姓免费照全家福，积极主动举办摄影展，引导人们关注家庭问题，帮助人们树立正确的家庭观念，得到了社会的一致肯定并被评为"双万活动"先进个人，2012年被评为陕西省摄影家协会优秀会员，2013年荣获第八届"陕西十大孝子"荣誉称号，并先后登上"西安好人榜""中国好人榜"等。

20 李国武
舍身救人的英雄保安

李国武，男，1974年生，陕西西安人，生前系西安某商场保安。2017年12月10日上午，李国武为救一名坠楼女子，不幸被砸身亡。事情发生后，社会各界广泛关注，各大媒体纷纷对李国武舍己救人的义举进行了广泛宣传，弘扬品质西安的正能量。李国武登上"中国好人榜"并被评为"第四届西安市道德模范"。

英雄李国武

2017年12月10日上午，李国武在西安市凤城五路赛高街区北侧的通道巡查，听到楼上有争吵声，于是仰头往上看。当时他看到一名女子站在11楼窗口，连忙劝说女子不要跳。正劝说的时候，突然，他向前跑了几步，伸手做出接的动作，然后一女子坠落，一瞬间，他被重重砸倒在地，女子也飞了出去。整个过程就10秒。李国武想要徒手托接女子，不幸被砸身亡，坠楼女子也当场身亡。事情发生后，社会各界广泛关注，各大媒体纷纷对李国武舍己救人的义举进行了广泛宣传，弘扬品质西安的正能量。

商场保安部经理李宁说，李国武是2015年入职的，表现特别好，每年年终考核都是前三名，每当同事家里有事或状态不好时他都会热心帮忙。年初，他还被单位作为管理培养对象进行新的考核，并被任命为代班长。李国武的同事们介绍，李国武在工作中的表现无可挑剔，虽然到公司时间不长，但认真负责，当上代班长后并没有离开保安岗位，依然负责商场的巡逻工作。"在部队，他当过班长；在西航公司他当过工长；到了我们公司，他很快又成了代班长，可见国武有多优秀！"说起这些，商场保安部主管王先生感到很惋惜。

李国武救人的事迹被人民网、新华网、搜狐网等门户网站报道、转载，网友赞扬声一片；但也有不同的声音，甚至有人说李国武有点傻，没有常识，高空坠物咋能伸手去接？对于这个问题，熟悉李国武的人都知道，李国武舍己救人和他的性格、经历有关。李国武出生于军人家庭，自己也是退伍军人，工作后又是班长，工作认真积极。事情发生后，其家人和同事都认为是军人的职责和天性让他在面对险情时不顾个人安危，见义勇为。

"你说他傻也好，没有常识也好，其实这是他的一种本能反应，他并不是不懂这个。"许爱学是李国武的初中同学，也是同事。说起李国武，这个40多岁的汉子几度哽咽。他说，他和李国武等几个同学是结拜兄弟，他们几人当中李国武年龄最小，但是因为李国武为人仗义、热心，有大哥的风范，大家把他尊为"老大"。有一件事许爱学记得很清楚。有一次购物中心已经到了下班时间，电梯都停运了，通往商场地下车场的疏散楼梯间还开着门。李国武巡查时看到有位顾客推着小车要下楼梯，车里还有娃，他二话不说就跑过去帮忙抬着小车，然后一步步下到了负二层停车场。"其实他就一个普通人，他做的都是平凡的小事，没有啥轰轰烈烈的。"许爱学说。

其实，这并不是李国武第一次救人了。李国武兄妹3人中，他是最小的。在哥哥和姐姐的印象中，弟弟为人热情、善良，喜欢帮助人，却不愿意麻烦别人。姐姐李国瑛说，有一年，湖南老家那边闹水灾，国武当时正在西安家里休假，听说后他主动要求回到湖南参加抢险救灾，后因表现突出，还荣立三等功；原先住的院子里老年人多，房子都没电梯，他平时见了院子里上了年纪的人，就会帮忙提东西、扶老人上楼；谁家有个啥事需要帮忙，他都跑前跑后。这次他出了事，不少老住户都来到家里，提起他，大家都不停地抹眼泪。前几年，他住处楼下着火了，他冲进去救火，还救出来一个人。

经济条件虽然不是多好，但是李国武非常顾家，孝顺父母、疼爱妻女。李国瑛说，上班期间，公司每天给每人有15元的餐补，弟弟为了省钱，从来不在公司吃饭，每天都是坐公交车回家吃饭。目前这套老式单元房，弟弟和父母其实才搬进来一个多月。多年来，弟弟和父母住在红旗路西航另一处住宅小区，房子是单位过去分给父母的福利房。因为拆迁改造，今年9月份，公司为他们置换了目前的这套房子。虽然也是老式房子，但是比原来的房子稍微大些，为此还要补几万元的差价。国庆节期间，弟弟就开始简单装修了，为了省钱，他没有找人，就一个人在装修。"等10月份搬进来的时候，我们才知道，搬家时他都没说一声让给他帮个忙，全是他一个人在忙活！这房子才搬来一个多月，父母房间的天花板还没处理完。李国武最疼女儿，将女儿的房间设计得很可爱。他曾说，要好好地让父母安度晚年，要好好地爱妻子和女儿……"李国武家人说。

连日来，保安李国武徒手接坠楼女子被砸身亡的事迹在古城传播。他舍身救人的行动，震撼着每一个人的内心，更感动了得知此事的每一位市民。12月15日上午，天气阴冷，在西航中心小区125号楼下，一排花圈让气氛有些沉重，来往的群众不时驻足，有赞叹、有惋惜。在楼上一套三居室的老式房子里，李国武的遗像摆放在客厅中间，陕西省保安协会送的花篮摆在旁边，怒放的菊花黄白相间。遗像上，李国武西服领带、面带笑容。"小武，当危险来临，你毫不畏惧冲在前面；当生命受到死亡威胁，你义无反顾。你将军人的风骨发挥到了极致，你将人性闪耀的光辉照亮到了最后。你英勇救人的事迹，值得我们永远向你学习，为你点赞，为你骄傲！愿你在天国的路上一路走好……"一张白纸上，亲人写下的一行清秀字迹，让人看了无不动容。"一个好人，简单的一句话，得来的却不简单。一个英雄，看着是伟大的，却是一个凡人做到了极致。致国武，十班老同学共勉。"这段文字是李国武初三（10）班同学群里有人写下的一段话，或许是对李国武为人最好的注脚。

后 记

好人是国家的脊梁,是道德模范,是先进人物,是社会表率。大力弘扬先进人物先进事迹,以高尚的精神塑造人,这是时代的需要。做好事不难,难的是坚持一直做好事。

为促进西安市公民道德建设深入发展,以培育和践行社会主义核心价值观为根本,充分发挥道德模范、身边好人的示范引领作用,推动社会公德、职业道德、家庭美德和个人品德建设,在全市形成见贤思齐、崇尚美德、学习先进、争做好人的热潮,自2014年7月起,西安市开展"西安好人"评选活动。截至2017年8月,已有200余名市民及团体登上"西安好人榜"。而在2014年进行"西安好人"评选之前,我们身边也不乏代表西安精神,获得过"全国道德模范""陕西省道德模范"等奖章的"好人"。《西安好人》一书,根据西安市委宣传部、市文明办收录"西安好人"中的典型代表和在此之前被授予"中国青年五四奖章""全国道德模范""陕西省道德模范""西安市道德模范"等荣誉的西安市民共20人,讲述他们的先进事迹,凸显新时代西安市在市民道德素质和城市文明程度提升方面所取得的突出成就,激励全市人民为建设具有历史文化特色的国际化大都市和丝绸之路经济带新起点而努力奋斗。

附录一 2014年"西安好人榜"

类别	序号	姓名	性别	事迹简介
助人为乐类	1	长安区引镇中心小学"红领巾孙子队"	\	"红领巾孙子队"是1980年由引镇中心小学创立的校外活动组织,已有34年的历史。34年来,4000多名红领巾孙子队队员"孝敬老人、为孤寡老人送温暖,当孤寡老人的好孙子"
	2	史金凤	女	周至县楼观镇塔峪村村民,她从收养一名聋哑弃婴开始,到现在创办陕西省唯一一所民办聋哑学校,使来自陕西、河南、四川和山西等省的200多名聋哑儿童重获新生、走向社会
	3	罗保龙	男	1982年6月出生,出租车驾驶员。他12年来坚持做到文明待客、规范服务、拾金不昧、助人为乐。多年来,他所做的好人好事累计达上百件之多
	4	孟成柱	男	1935年12月出生,退休教师。他自退休后创办书法班,免费招收学生,并自掏腰包,在家里创办校外儿童读书站,无偿供村里孩子借阅图书
	5	"希望军团"	\	"希望军团"成立于2006年3月,是由第二炮兵工程大学青年官兵发起的网络公益性民间组织。它以"传递爱心,播撒希望"为使命,在全校、全区、全军范围内进行爱心募捐

类别	序号	姓名	性别	事迹简介
助人为乐类	6	张一龙	男	1976年8月出生,西安糊涂记餐饮管理有限公司董事长。2010年起,张一龙在自己开办的饭店门前设立了"营养粥免费供应点",专门为附近的老人送粥
	7	何沛	女	1984年2月出生,何沛心理咨询工作室负责人。她身残志坚,创立了心理咨询工作室,帮助很多人鼓起生活的勇气;发起了陕西省第一个以残疾人为主体的志愿者组织——残障志愿联盟,为多所残疾人学校捐款捐物
	8	邓景元	男	1968年5月出生,交大一附院康复中心脑病科、针灸科主任。2011年起,邓景元及他的团队常年义诊,向居民讲授健康知识,培训社区残疾人康复室工作人员,协助社区建立残疾人及慢性病人健康管理档案,无偿捐赠康复器材
	9	于素梅脚病修治翠华路工作部	\	修脚师上门为行动不便或子女不能陪同的老人服务,还到社区、干休所、敬老院义务服务。2005年至2014年,义务服务4000余人
	10	汤晓东	男	1974年2月出生,农行阎良支行客户经理。2003年开始他坚持每年义务献血两次。2004年8月,他为远在英国的英籍华人捐献造血干细胞。2011年10月,他成为中华骨髓库的志愿者

类别	序号	姓名	性别	事迹简介
助人为乐类	11	姚　文	男	1968年8月出生，公安莲湖分局西站街社区民警。他常年照顾辖区一位独居老人，并联系相关部门为老人提供生活用品及办理低保
	12	王志良	男	1921年8月出生，西安电机厂退休职工。他多次参加救灾捐款活动，尽己所能济困助贫
	13	侯亚奇	男	1976年5月出生，西安市长城出租汽车公司驾驶员。他曾雨中救人、免费送考。多年来，他坚持做好事，助人为乐
见义勇为类	14	临潼区见义勇为中学生先进集体	\	2014年4月19日，临潼中学王震、贾万全、房宇、孙梦喆、唐俊杰、王冲、郭轩、孙倩、师珍、何雨萌10名学生及时救助被车撞倒的张大爷，挽救了老人的生命
	15	高陵县龙江秀水苑勇救坠楼儿童先进集体	\	2014年7月1日，高陵县龙江秀水苑小区一小女孩悬在自家窗外，社区居民合力救助，最终小女孩转危为安
	16	任民强	男	1952年8月出生，原西安协和医院保卫科保安。他做过的好事举不胜举，曾奋不顾身徒手接住了一名190斤的跳楼男子，自己却受了重伤并晕厥

类别	序号	姓名	性别	事迹简介
见义勇为类	17	乔继伟	男	西安浐灞生态区国家税务局干部。乔继伟在九龙潭游玩时，救助一名落水孩子，在众人的协助下，孩子最终得救
	18	韩来忠"见义勇为"集体	\	2014年7月20日晚9点40分左右，韩来忠在村里学校值班时，认出前来问路的特大刑事案件犯罪嫌疑人惠志民。韩来忠一边与之周旋一边报警，最终在村民蔡生华、韩吉忠、韩鹏飞的协助下，与民警一起将惠志民制服
	19	张 伟	男	浐灞生态区管委会司机张伟、李建路过灞河B坝库区下游，勇救两名落水人员，在落水者被送医后才放心离开
		李 建	男	
	20	杨希军	男	2014年6月11日下午6点多，杨希军路过方家寨村东鱼塘边时，勇救一名落入鱼塘的小女孩，还帮小女孩吐出了脏水，安慰她不要害怕。看到小女孩逐渐平静，他才放心离去
	21	于航飞	男	于航飞1997年3月出生，王婷1997年1月出生，均为西安蓝田工业园区高级中学高三学生。2014年8月6日下午，他们勇救一名落入灞河的小男孩，并将其送医，看见孩子平安才离开
		王 婷	女	

类别	序号	姓名	性别	事迹简介
诚实守信类	22	李淑兰	女	1963年11月出生。2014年5月中旬，在草场坡小餐馆卖胡辣汤的李淑兰发现一位顾客把包落在餐馆，在寻找无果的情况下，便为客人收存起来，最终将价值3万余元的物品交到了失主手里
	23	张小民	男	1976年7月出生。家境清贫又急需用钱的张小民，在银行卡中莫名多出8万元钱的情况下，前往蓝田县公安局焦岱派出所，想方设法把钱交还到了失主手里
	24	李恒欣	女	1997年6月出生。2014年7月3日下午，一位顾客将手提袋落在李恒欣打工的饭店，李恒欣收起包，和老板王战利等了四五个小时才等到失主
	25	盛金兰	女	1963年10月出生，军嫂饺子馆（民营）法人。盛金兰是雁塔区西影路"军嫂饺子店"的创办人。从1999年开店开始，她就严把食品质量关，诚实经营、友善待客，并乐于助人，为社区80岁以上的老人免费送饺子
	26	宁蒋娟	女	1970年6月出生，长安区合民意种植专业合作社理事长。她严控供货渠道，对质量要求更是严格。过硬的质量受到市场及消费者的认可，也为合作社吸引了更多客户，产品供不应求

类别	序号	姓名	性别	事迹简介
诚实守信类	27	邢延安	男	1969年6月出生，西安众天食品有限责任公司总经理。15年来，邢延安始终坚持质量第一、诚信为本，公司也成为集蜜蜂养殖及蜂产品收购、加工、出口为一体的外向型企业
敬业奉献类	28	蒋卫真	男	1982年8月出生。作为80后的蒋卫真是一名普通的车工，只要有空闲他就钻进磨刀房练磨刀。他干活效率高，质量稳定。近几年来，他参加陕西省青年职业技能大赛夺得冠军，荣获"陕西省技术状元""中央企业青年岗位能手""全国最美青工"称号
敬业奉献类	29	姚 伟	男	1974年11月出生，西安市残疾人劳动就业服务中心就业科科长，现借调在市残联宣传文化。姚伟6岁时因电击事故失去双臂，一级肢体残疾。他提供素材并组织刊发多篇新闻作品，多次获全国、省、市残疾人事业好新闻奖及省、市新闻奖
敬业奉献类	30	张 永	男	1979年10月出生，1999年毕业于咸阳市卫生学校的张永回到船张村卫生室工作。十几年来，他共接诊病人10余万人次，出诊近千人次。张永为全村人建立了居民健康档案，为村里242位65岁以上老年人提供免费体检

类别	序号	姓名	性别	事迹简介
敬业奉献类	31	刘亚玲	女	沣东新城沣京医院院长。2005年，她放弃了西京医院的优厚待遇，独自返乡创办乡村医院——沣京医院。她用最便宜最有效的药为村民看病，对看病群众一视同仁，与乡邻建立了深厚的感情
	32	齐碧峰	男	1963年9月出生，原马额初级中学校长。齐碧峰生前担任临潼区马额初级中学校长。他大胆改革，起用新人，努力提高教学质量，并关心学生和教师。经过多年坚持，2004年学校中考成绩非常好，成为临潼教学质量最好的初中
	33	贠恩凤	女	1940年1月出生，国家一级演员、陕西广播电视民族乐团荣誉团长。她走到哪里，就把优美的歌声带到哪里。现在虽已年逾七旬，但仍然坚持下基层演出
	34	杨 楠	男	1989年3月出生，公安高陵分局干警。杨楠是高陵县公安局城关派出所民警。2014年9月25日，他为救一名情绪不稳定的女子从屋顶跌落。最终，女子得救，他却尾椎骨骨折
	35	陈绍洋	男	1963年5月出生，生前系第四军医大学第一附属医院西京医院麻醉科副主任。他爱岗敬业，在身患肝癌刚做过肝脏移植手术后，依然每天坚持学习、工作

类别	序号	姓名	性别	事迹简介
孝老爱亲类	36	时精芹	女	1962年10月出生。19年前,在医院当护工的时精芹收养了一名弃婴,多年来视如己出。2014年5月,孩子意外受伤,昏迷不醒,生命垂危。时精芹不离不弃,对孩子悉心照顾。她所在的医院和西安市文明办得知情况后,伸出了援手
	37	石旭平	女	朝阳社区创威公司临时工。石旭平数年如一日,精心伺候患有老年痴呆、瘫痪在床的婆婆,被誉为社区孝亲敬老的模范
	38	张锦维	女	1970年4月出生,鄠邑区苍游镇振华威村人。张锦维常年照顾卧病在床的公公,并抚养小叔子两名失去双亲的孩子,使两个孩子感受到亲人和家庭的温暖
	39	杨福琴	女	西信公司职工食堂退休职工。2006年3月,杨福琴的丈夫突然瘫倒在地,多日昏迷不醒。在丈夫可能变为植物人的情况下,她依然细心照料。慢慢地,丈夫有了意识,现在已能坐轮椅出门
	40	王权利	男	鄠邑区中医医院党支部书记。多年来,王权利既要工作,还要照顾瘫痪在床的妻子和上学的女儿。他用实际行动诠释了"执子之手,与子偕老"的爱情诺言

类别	序号	姓名	性别	事迹简介
孝老爱亲类	41	袁云荣	女	西安市民政局干事。十几年来，袁云荣悉心照顾小叔子家患有脑瘫的孩子，不是母亲胜似母亲。2008年，为了照顾公婆，她离开了心爱的部队，回到地方工作，用孝心温暖着这个家
	42	严梅花	女	1945年12月出生。严梅花全家靠低保生活。但她特别热心，一直照顾着孤寡老人卞淑女
	43	冯芳娥	女	1958年12月出生。1992年，冯芳娥的丈夫因意外导致高位瘫痪，只能常年卧床。十几年来，她一边照料丈夫，一边照顾家人，她付出的努力和承受的痛苦常人无法想象
	44	于 南	女	1970年1月出生，陕鼓集团资产管理部员工。多年来，她悉心照顾已90多岁，且生活不能自理的外婆和因病瘫痪的哥哥
	45	张彦儒	男	陕西核工业集团公司211大队退休干部。多年来，他悉心照顾因意外变为植物人的妻子，从未间断。年近70岁的张彦儒，已完全忘记自己也是个需要照顾的老人
	46	胡德萍	女	1957年5月出生，农民。胡德萍常年照顾因病半边身体瘫痪、大小便失禁的公公和因意外受伤而卧床的婆婆

类别	序号	姓名	性别	事迹简介
孝老爱亲类	47	赵万志	男	1934年12月出生，农民。1999年，赵万志的老伴突发脑溢血导致瘫痪，此后他就担负起了照顾老伴的责任。同样是老人的赵万志，多年来从没抱怨，把老伴照顾得很好
	48	刘先蕊	女	1954年1月出生，相桥敬老院院长。1990年以来，她和全家人一起管护了100多位孤寡老人，可亲可敬。这些年，每逢老人去世，他们一家人都会为老人穿寿衣、守灵，每年清明节还会去祭奠
	49	胡小红	女	1973年10月出生，下岗职工。2007年，胡小红的公公由于脑梗导致下半身瘫痪。多年来，她除了帮大小便失禁的公公料理生活起居，还从精神上关爱老人，每天为公公读报纸、陪他聊天

附录二　2015年"西安好人榜"

类别	序号	姓名	性别	事迹简介
助人为乐类	1	李伟军	男	1976年3月出生。2000年到2015年，李伟军累计献血5000毫升，受他影响，他的儿子、朋友都加入义务献血的行列之中
助人为乐类	2	曙光救援协会	\	自2009年起，曙光救援协会志愿者在一系列救援中，救出群众318人，并为受灾地区募捐200多万元物资。此外，曙光救援协会开展公益救援与培训活动80多场次，为1万多名群众培训自救和互救的基础技能
助人为乐类	3	贾天佺	男	西安市出租汽车总公司雷锋车队驾驶员。贾天佺常年免费接送患肌肉萎缩症的大学生苑鸣，并和苑鸣联合其他的哥的姐，帮助渐冻人金豆、银豆实现了去趟青海湖的心愿
助人为乐类	4	王长明	男	1943年7月出生。中国飞机强度研究所退休人员。退休后，王长明一直为行动不便、经济困难的群众义务理发，并帮助他人照顾瘫痪在床的病人，直至请到保姆
助人为乐类	5	李智华	女	1984年1月出生，励志讲师。幼时因意外失去双臂的李智华，2005年参与救助"春蕾女童"活动；2006年将首月工资捐给患白血病的女孩；2012年，四处奔走，为患白血病的幼女筹集医药费

类别	序号	姓名	性别	事迹简介
助人为乐类	6	王文平	男	西安西正印制有限公司员工。王文平常年参加助学、帮扶孤寡、帮助失学儿童等公益活动，并坚持无偿献血，至2015年献血量已超过5000毫升
	7	张 涛	女	1969年8月出生，西安市碑林区拉拉手特殊教育中心创办人、法人代表、理事长。至2015年，该特殊教育中心已为西部地区1000多个特殊孩子及家庭提供了服务和帮助，占西安地区特殊人士服务总量的50%以上
	8	陈丽娟	女	1967年5月出生，陕西爱暖人间公益中心负责人。6年来，她志愿服务2万多小时，捐款3万多元。目前，"爱暖人间"已汇聚志愿者2000多人，实名登记300多人，共组织志愿服务1万多人次，志愿服务8万多小时，捐款18余万元。
	9	房 旺	男	1951年9月出生，农民。2011年3月，房旺自己掏钱买来铁锹、铁镐等修路工具，义务维修宁扁到南湾的1公里山路。4年来，房旺风雨无阻，一有时间就去维修路面
	10	魏红莉	女	1970年6月出生。2011年，魏红莉在家里创办了高陵县第一个特教学校。为了特教学校的正常运转，她努力克服资金、师资困难，让残障儿童感受到社会关爱与温暖

类别	序号	姓名	性别	事迹简介
助人为乐类	11	姜国兴	男	1975年10月出生。姜国兴自掏腰包，投入20多万元，历时两个月，在灞河上建了一座长63米、宽2米的便桥，大大方便了河两岸村民通行
	12	段君成	男	1979年9月出生，中航飞机部装总厂十七厂工具室主任。他是爱心助学志愿者团队的创始人、"希望飞翔、美德少年基金"的发起人。他常年资助贫困学生、失学儿童，照顾孤寡老人，累计捐款捐物14万元
	13	杨爱丽	女	1961年9月出生，西安百姓家政服务有限公司法人。杨爱丽创办"百姓居家养老服务站"，为老人提供就餐服务。虽然入不敷出，但杨爱丽无怨无悔
	14	魏菊英	女	1949年3月出生，退休职工。"捏骨女把式"魏菊英退休后，长期为社区居民义务服务，用双手为更多病患减轻痛苦。到去世为止，她为群众服务超过2000人次，从未收过一分钱
	15	刘 林	男	新城区城管局一中队副中队长。1999年以来，刘林义务献血40余次，约2万毫升，并加入了中国造血干细胞捐献者资料库。他自费将捡到的东西邮寄给失主，并照顾一位独居老人直至老人去世

类别	序号	姓名	性别	事迹简介
助人为乐类	16	赵江海	男	1941年9月出生，西安市明德门东北区居民。赵江海是小区里公认的热心人。他帮助邻里，照顾小区独居老人，义务清理小区没有及时运走的垃圾
	17	冯光廷	男	1945年10月出生，军队离退休干部。冯光廷在社区里是热心人，是大家心目中的"勤务兵""修理工"，常年义务为社区群众修理小电器
	18	张小梅	女	1971年9月出生，汤澎眼科医院副院长。她把帮扶弱势群体作为人生最大的追求。她成立了"送光明医疗队"。医疗队成立以来，已经医治786人，免除各种费用80多万元
	19	王 振	男	陕西爱国卫生志愿服务联合会负责人。从跳入河水勇救落水儿童、火灾现场救火，到在抗洪一线救援、参加灾后重建志愿服务，再到在公交车上智斗歹徒、火车上救助重病旅客，他做的好事数也数不清。他照顾两位家庭贫困的九旬老人，让他们感受到家的温暖
	20	王 硕	女	解放军西安政治学院军队保卫工作学系博士后。王硕自高中起资助贫困女童，至今资助16名贫困女童读完高中。2013年10月，王硕号召所在研究生管理大队学员为云南一小学捐款，帮助学校改善基础环境

类别	序号	姓名	性别	事迹简介
助人为乐类	21	韩北京	男	1969年11月出生，西安航空基地国家税务局党组成员、纪检组长。他先后资助多名失学儿童，并经常关爱服刑人员子女。1997年至2015年，他已援助失学儿童8名，援助各种物品，各项资金达10万余元
	22	邢建民	男	1957年2月出生，陕西省建设厅退休职工。退休后，邢建民为老百姓免费拍摄全家福。在宁强地震灾区拍摄全家福时，他成立了"胡杨助学基金"，使60多名学生得到资助
	23	韩 凤	女	西安市梦回长安艺术团团长。韩凤十几年如一日坚持公益演出，不收分毫报酬。她还义务教授贫困地区学生，资助贫困残疾朋友，为贫困山区捐赠生活用品，资助来自贫困地区的学生等
	24	李关成	男	1946年8月出生，西钞西社区西钞公司退休职工。李关成退休后在小区为老人义务理发，对于行动不便的居民，他还会上门服务
见义勇为类	25	吴军民	男	吴军民，1962年2月出生，莲湖区枣园街道枣园红光社区副主任。许晓楠，1960年3月出生，西钢公司供应部副部长。夫妻二人营救出3位因车祸受伤的陌生人，将他们送往医院，并在事后婉拒酬谢
		许晓楠	女	

类别	序号	姓名	性别	事迹简介
见义勇为类	26	罗超	男	1984年12月出生。罗超勇救落入深潭中的游客，并对其进行急救。经过努力，坠潭的游客终于苏醒过来，转危为安
	27	蒋奇刚	男	西安中兴精诚通讯有限公司项目经理。蒋奇刚勇救掉入河坝水潭的两个小孩，并与同事将孩子送至医院，确认孩子无生命危险后才离开
	28	牛智刚	男	1967年9月出生，出租车司机。2013年11月22日，在西安市中心医院门口，一青年男子手持菜刀追砍医院一名保安，牛智刚见状挺身而出。搏斗中，牛智刚左腿中刀，他忍痛抓住歹徒，夺下菜刀，最终在周围群众的帮助下，将歹徒制伏
	29	夏雨含	男	夏雨含，1998年1月出生。齐兴有，1938年1月出生。高中生夏雨含不顾危险，勇救三名落水小孩和先前因施救而身陷险境的老人齐兴有
		齐兴有	男	
	30	张虎群	男	1974年10月出生，西安市城乡建设委员会司机。从2004年10月开始做反扒志愿者。这期间，张虎群提供各类破案线索100多条，协助警方抓获犯罪嫌疑人600余人，为群众挽回各类经济损失近百万元

类别	序号	姓名	性别	事迹简介
见义勇为类	31	李随浮	男	1974年5月出生,司机。2014年11月29日晚10时许,李随浮清运建筑垃圾时,路遇一男子行凶,李随浮立即上前阻拦,最终受害者获救,李随浮因左臂受伤被送往医院接受手术治疗
	32	贾卫国	男	1980年7月出生,西安邮政渠道平台部员工。2015年5月2日,西安市民李萍一家三口在湖北旅游时落水。途经此地的贾卫国先后把小女孩和李萍救上岸。李萍的丈夫则被另外一名湖北小伙所救
	33	李 亮	男	沣东新城城管执法分局四大队执法队的一员。2014年5月9日晚上,李亮发现一位被撞伤的老人,在他与同事杨剑、张国锋、李峰等人的努力下,老人被及时送往医院。
	34	郭领军	男	1987年11月出生,现役军人。郭领军勇救一名落水少年,并在少年告知水里还有一人后,和另外两名施救人员下水寻找,但这名溺水者被找到时已不幸身亡
	35	王 建	男	1975年8月出生,陕汽国际市场驻外工作人员。2014年6月10日上午,王建驾车时,发现一辆停在快车道上冒烟并已蹿出小火苗的汽车。他立即把车停稳,抱起灭火器灭火,险情被控制

类别	序号	姓名	性别	事迹简介
诚实守信类	36	马 军	男	西安市工业技工学校教师。2012年10月25日晚，马军在散步时捡到一个钱包，在等不到失主的情况下，奔波4个多小时将钱包送回失主手中
	37	张五政	男	1970年12月出生，西安长祥食品有限公司董事长。张五政坚持生产过程中不加任何添加剂，坚持落地面条当饲料处理；公司销售点挂面存放时间不超过一个月，超过时间的产品返回公司当饲料处理
	38	丁 莉	女	1966年11月出生，西安市未央区徐家湾街道保洁组长。2013年4月，丁莉捡到一个装有现金和银行卡的钱包。家境困难的丁莉不为所动，将钱包还给失主并谢绝酬谢
	39	于凤玲	女	1962年3月出生，陕西路安特实业有限公司董事长。多年来她坚持诚信创业。为了企业信誉，她曾贷款35万元履行合约、还清债务，并在产品出现问题时积极赔偿客户的损失
	40	付来刚	男	1988年2月出生，长庆石油基地内保支队二中队中队长。付来刚在巡检时，捡到一个装有8万余元现金的钱包。后来经过多方联系，最终找到失主

类别	序号	姓名	性别	事迹简介
诚实守信类	41	王书哲	男	1954年7月出生，退休职工。王书哲打扫卫生间时，捡到一个装有现金、身份证、多张银行卡的钱包，经联系还给失主，并拒绝了失主的1000元酬谢
敬业奉献类	42	薛莹	女	1973年8月出生，铆装钳工。薛莹是中航工业西飞国航总厂波音737-700垂尾前缘班班长。多年来，薛莹率领前缘班，使生产步入了高效循环轨道，让更多的"中国制造"在蓝天翱翔
敬业奉献类	43	王排	男	1979年1月出生，公安灞桥分局治安管理大队科员。从警10余年，当年的青涩小伙已是满身伤疤，3次因公负伤。他曾多次荣立三等功，是让犯罪分子胆战心惊、人民群众称赞的好民警
敬业奉献类	44	南海	男	国网西安供电公司电缆运检室员工。他曾多次参加云南、马来西亚等国内外电缆附件安装工程，并有多项研究成果获专利注册。长期工作使他的腰部和视力都出现了问题，但他却用钉子精神牢牢把守在工作第一线
敬业奉献类	45	史航宇	男	西安市儿童医院神经外科主任。多年来，他爱岗敬业，以医院为家，认真对待每次手术。在史航宇的辛勤耕耘下，科室收治患儿数量节节攀高，病区也得到扩大，慕名而来的患儿数量翻倍增长

类别	序号	姓名	性别	事迹简介
敬业奉献类	46	柏华	男	1978年2月出生，西安市残疾人康复中心副主任，三级低视力残疾人。2012年，他用两个星期时间完成4000多名听障人士的筛查工作，准确率达100%，受到合作方的高度评价。7年来，他坚持深入基层，行程近2万公里，为7597名残疾人提供个性化、量体裁衣式的辅助器具适配、评估、安装、调试，共计15173件，受到中国残联的高度评价
	47	韩生华	男	1947年12月出生，蓝田县厚镇韩坪村党支部书记。在他的带领下，全村平整土地2800亩，成为全县实现梯田化第一村；建设人畜饮水工程5处，解决全村1030人饮水难题；全村人均收入从1990年的380元提高到2014年的6840元
	48	冯雪红	女	1972年9月出生，鄠邑区纸房学校校长。她扎根山区教育22年，为山里孩子搭建知识改变命运的平台。她先后荣获陕西省师德标兵、全国模范教师、全国教育系统巾帼建功标兵、全国青年杰出教师等荣誉称号
	49	胡金兰	女	西安市第五医院内科心血管病区主任医师。26年来，胡金兰废寝忘食地工作，在自己的岗位上默默奉献，关爱患者，赢得了患者们的尊敬和信任

类别	序号	姓名	性别	事迹简介
敬业奉献类	50	刘治银	男	1956年12月出生，蓝田县玉川镇板厂教学点负责人。他给予学生父母般的关爱，从未因私事耽误学生的一节课。2011年9月，在为学生取蛋奶的途中，他因车祸骨折，出院后他挂着双拐，为孩子们补上每一节课
	51	吴永乐	女	1947年7月出生，中铁一局社区党支部书记、主任。10多年来，她一直把社区当作家，把社区居民当作亲人。她在社区开办"老年餐桌"。还针对部分行动不便的老人推出了"送餐到家"服务
	52	周建利	男	西安市盲哑学校教师。30多年来，他一直扎根特殊教育，担任盲生班主任。他总是提前到校，指导和帮助住校盲生的生活。他多次参加盲人定向行走训练技术培训，让学员掌握盲人定向行走训练的基本技能。他还深入盲人家庭进行指导
	53	郑清军	男	1985年8月出生，西安市雁塔区电子城街道馨苑社区主任。社区的大小问题，他都耐心解决。他在社区成立了雁塔区首家社区食品安全自检室，为社区居民构筑食品安全绿色屏障

类别	序号	姓名	性别	事迹简介
敬业奉献类	54	郝东文	男	1976年4月出生,投递员。20年来,他没有发生过一起误投、漏投,也没有接到一次用户投诉。每年8、9月份,他就放弃休息时间,奔波几十里山路,把通知书送到考生手中
	55	赵翟	男	1970年3月出生,高陵区中医院副院长。23年来,他始终工作在临床一线。他几乎牺牲掉所有节假日,为患者服务;遇见家庭困难的病人,还会免费出诊,为他们垫付药费
	56	刘进忠	男	1966年5月出生,公安雁塔分局干部。他工作中热情主动,群众遇到大事小情他都尽力帮助,长期帮扶辖区身体瘫痪的困难群众,帮助外地租客料理后事,帮助外地失主找回失物等
	57	董瑛	女	1969年7月出生,莲湖区北院门西大街社区卫生服务中心党支部副书记兼办公室主任。她身先士卒,经常深入病房,指导护士查房、护理诊疗、加强病房管理,并照顾因偷窃而得不到家人照顾的患者,使他重新做人

类别	序号	姓名	性别	事迹简介
敬业奉献类	58	吴松笛	男	西安市第一医院神经内科主任医师、医学博士。2006年，吴松笛参加了中国科学院的可可西里科学考察，负责科考队的医疗保障。2008年11月至2010年1月，他入选中国南极科考队，保障全体科考队员的身体健康，并帮助一名智利科考队员转危为安
	59	郭　健	男	陕西重型汽车进出口有限公司零部件业务部配件销售经理。他长期驻外服务，不仅要抵御非洲疟疾等疾病的侵害，忍受风餐露宿、高温高热、蚊虫叮咬的艰苦条件，还要冒着生命危险，为客户服务
	60	韩佳钰	男	西安市环保灞桥分局环境监察大队执法队员。他工作认真，从不怕苦，在右脚受伤骨折的情况下依然坚持工作，并在术后半个月即挂着拐杖来到治污减霾一线
	61	李利娥	女	1964年5月出生，税务干部。30年来，李利娥一直坚守在工商执法第一线。在与白血病抗争两年后，她重新回到了工作岗位。为帮助经营摊贩，李利娥多方协调，最终使问题得到解决
孝老爱亲类	62	刘月琴	女	1944年10月出生。26年来，她坚持照顾因病瘫痪的丈夫。她的事迹感动了周围邻居，连续被社区评为"好媳妇""五好家庭"，成为社区居民的道德楷模

类别	序号	姓名	性别	事迹简介
孝老爱亲类	63	朱小禅	女	1969年5月出生,保洁员。朱小禅常年照顾因意外下半身瘫痪的丈夫和两个孩子。她种地、养羊、做保洁、捡垃圾,用柔弱的肩膀撑起这个家
	64	刘林红	女	1965年9月出生,临潼区国税局新丰国税分局科员。刘林红一边工作,一边照顾残疾的丈夫和生活不能自理的公公,多年来毫无怨言
	65	毛 茜	女	1963年6月出生。毛茜在丈夫去世后,悉心照顾年迈的婆婆多年。婆婆去世后,她又开始照顾生活不能自理的大伯子。每天照顾公公、大伯子、侄子和女儿成为毛茜生活的全部内容
	66	胡全文	女	1968年7月出生。胡全文自2013年起照顾因病瘫痪的姐夫。小姨子护理姐夫,很多人都接受不了,可时间长了,街坊邻里都被她感动了
	67	田爱芬	女	新城区群策巷社区居民。田爱芬和丈夫都是残疾人,没有劳动能力,靠低保金维持生活。女儿还在上学,婆婆也瘫痪在床。她勤俭节约,承担起全部家务,白天照顾卧床的婆婆和丈夫,晚上摆地摊补贴家用

类别	序号	姓名	性别	事迹简介
孝老爱亲类	68	田永军	男	1973年8月出生,周至县板房子镇高潮村干部。23年前,为照顾家人,田永军毅然放弃了上大学的机会。1993年,父亲外出走失,他历时一年多,终于找回了父亲。现在,田永军仍然努力地拼搏着
	69	焦莹花	女	1976年11月出生。焦莹花一方面像对待亲生母亲一样照顾婆婆,一方面带患有脑积水的儿子四处治病,承受着孩子犯病后的暴力。她用善良与坚强承受着生活的艰辛
	70	姚乃琴	女	1958年2月出生,西安挚爱家庭服务中心主任。2008年5月至今,姚乃琴共看望"三无"老人500多人次,给老人赠送慰问品价值9000多元,为老人义务服务4000多小时
	71	高亚婵	女	1962年11月出生。多年来,她悉心照顾智商有缺陷的儿子和婆婆,无怨无悔
	72	司冬梅	女	1971年1月出生,西安市碑林区第一爱心护理院护理主任。2006年,她放弃了医院的工作,筹建了护理院,她用所学的医学护理知识照顾老人,让他们安享晚年感受家的温暖

类别	序号	姓名	性别	事迹简介
孝老爱亲类	73	周玉琴	女	1951年5月出生。周玉琴的婆婆、丈夫相继因病去世后，公公受到打击，精神失常，她承担起家庭所有重任并悉心照顾公公。近两年来，公公彻底躺在炕上不能动了，周玉琴更无微不至地照顾着
	74	杨竹玲	女	1960年4月出生，高陵区通远街道火箭村村民。杨竹玲数十年如一日照顾生活无法自理的公婆，婆婆逢人就说："竹玲这样的媳妇比亲闺女都好。"
	75	张兰云	女	鄠邑区惠达公司退休职工。她自1999年起照顾因病瘫痪，生活不能自理的婆婆。在张兰云多年的精心照顾下，婆婆的病情逐渐好转
	76	刘金华	女	鄠邑区家佛堂村村民。她一边常年照顾生活不能自理的公公、瘫痪在床的丈夫和两个年幼的孩子，一边卖菜、打零工，扛起全家人的生计
	77	王珏	女	1977年3月出生，西安市机电职业技术学校教师。父亲去世后，王珏供两个妹妹读书，直至她们大学毕业。结婚后，她照顾双目失明的公公和年迈的婆婆，并在收入微薄的情况下，将丈夫哥哥年幼的孩子接回抚养

类别	序号	姓名	性别	事迹简介
孝老爱亲类	78	刘麦英	女	1966年5月出生，阎良区麻张村村民。刘麦英自2004年开始照顾因脑梗瘫痪的婆婆，从无怨言
	79	王菊侠	女	1965年4月出生。王菊侠每天除了安排好丈夫、孩子的生活外，还要照顾瘫痪6年的婆婆。在自己受伤住院后，依然记挂老人，让家人回家照顾婆婆
	80	孟 凡	男	2002年4月出生，阎良区武屯初级中学学生。13岁的孟凡是西安好人中年龄最小的一位，在父亲离家，外婆去世后，他承担起了照顾双目失明，生活不能自理的妈妈重任
	81	刘雪利	女	1971年12月出生。刘雪利在丈夫病逝后，坚持照顾年迈的公公。再婚后，她与现任丈夫继续照顾着已瘫痪在床的老人
	82	吴红艳	女	吴红艳常年照顾瘫痪在床的公公和卧床不起的婆婆，她11年来的付出获得了当地干部群众的称赞
	83	张成军	男	西安市农委果业技术推广中心职工。张成军的母亲身患重病、行动不便，他常年照顾母亲，母亲去世后，他又开始照顾大小便失禁的父亲，悉心照顾，毫不嫌弃

附录三 2016年"西安好人榜"

类别	序号	姓名	性别	事迹简介
助人为乐类	1	西安地铁运营分公司客运部北大街站群体	\	2016年1月6日18时30分,一名孕妇在地铁站台上厕所时突然产子,西安地铁北大街站上演了一场15分钟的生死大营救,为冬日的古城平添了几分温暖
助人为乐类	2	倪敬民	男	1946年4月出生,退休教师。倪敬民用原本可以出租挣钱的房屋开办了"人生图书馆",免费向村民服务
助人为乐类	3	徐光民	男	1955年11出生,工人。徐光民照顾本村一对无靠无靠的兄妹,他负担妹妹的学费及生活费,并帮助曾进过看守所的哥哥重新在社会上立足
助人为乐类	4	赵小龙	男	1975年2月出生,出租车驾驶员。赵小龙在营运中载乘来西安出席会议的中国农科院王教授,在客人忘带钱包的情况下,不但没有收车费,还主动借给对方200元应急
助人为乐类	5	巩 坤	男	1984年6月出生,厦门市星星耀工贸有限公司营业部经理。巩坤长期关心家乡的贫困户,出资支持家乡小学美德少年的评选;还通过网络义卖周至猕猴桃,帮扶家乡困难群众
助人为乐类	6	何金鹏	男	1969年6月出生,长安区公安分局监管大队长。何金鹏在干好本职工作的同时,热心志愿服务工作。2012年的冬天,他成立了"长安公益爱心联盟",给农村需要帮助的贫困群众募捐衣物

类别	序号	姓名	性别	事迹简介
助人为乐类	7	刘鹏	男	1991年11月出生，高陵区通远街道火箭村七组村民。刘鹏身残志坚，乐于助人。他通过修电脑、修饰照片挣钱养活自己，并主动为一个重病孩子捐款
	8	张自平	男	1977年1月出生。2016年6月，张自平和志愿者在做公益的途中，在自己已有高原反应的情况下，救助一名因车祸被困的司机。事后，他因呼吸衰竭去世
	9	霍传慧	男	1930年3月出生，西安市杨家村第二军干所退休干部。霍传慧住进军干所后，以所为家，维护环境，并在家里办起了"义务修理厂"，无偿为群众服务。他还义务办板报25年，被誉为"活着的雷锋"
	10	李珂	男	1991年2月出生，西安市西粮实业有限公司职工。李珂常年帮助周至两户聋哑人家庭，并资助周至县特殊学校，成为特殊学校里孩子们的"贴心哥哥"
	11	刘春平	男	1957年2月出生，退休人员。2013年，居民郑某某因病去世，留下了两个无人照看的孩子。刘春平在孩子舅舅因经济状况只能承担一个孩子的情况下，主动提出照顾其中一个孩子，还总是帮助另一个孩子，她的举动感动了所有人

类别	序号	姓名	性别	事迹简介
助人为乐类	12	雷兴平	男	1961年1月出生，高陵区耿镇街道马北村村民。雷兴平夫妇抚养弟弟留下的一双儿女。在妻子受伤、负债累累的情况下，他带着自己的儿子外出打工，帮弟弟的孩子圆了大学梦
	13	张小蔚	男	1970年2月出生，街道安监所所长。张小蔚免费为残疾人提供交通服务，并发动成立"敲门问平安小组"，关爱独居老人，还组织成立了"安全生产志愿应急救援队"。此外，他还是陕西省骨髓造血干细胞捐献的志愿者
见义勇为类	14	郝亮亮	男	三人分别出生于1995年12月、1995年2月、1992年2月，均为大学生。他们不顾危险，救下一名溺水的孩子，在众人施救下，孩子终于恢复了知觉
		刘立泽	男	
		张宇鹏	男	
	15	郭春湖	男	1990年6月出生，西安市地下铁道有限责任公司运营分公司工电部供电三车间员工。郭春湖在大雨倾盆、城市道路积水严重的情况下，从一辆熄火的车中救下一名孕妇，之后默默离开
	16	马福明	男	1994年11月出生，西安欧亚学院学生。马福明路遇穷凶极恶、威胁失主的小偷，临危不惧、挺身而出，在众人的帮助下将小偷制伏

类别	序号	姓名	性别	事迹简介
见义勇为类	17	朱海楠	男	1981年3月出生,西安体育学院武术系教师。朱海楠在游玩时,勇救两名落水人员。事后,朱海楠没有说起这事,直到媒体报道后,他的领导和同事才知晓
	18	胡可可	男	1989年11月出生,司机。胡可可与同事游玩时,勇救一名落水小女孩,看到女孩在游客的帮助下慢慢恢复过来,胡可可悄然离去
	19	李 宣	女	1973年1月出生,中学教师。李宣在外游玩时,救下一名不慎落水的孩子
	20	孟宪林	男	1962年3月出生,退休职工。2015年10月18日下午,他路遇一名男子持匕首刺向一女子,随即上前阻挡,与群众一起将行凶者制伏,搏斗中,孟宪林腹部被刺中,受伤严重。经过医院手术,孟宪林已经基本康复
	21	王 欣	男	1989年2月出生。王欣路遇落水人员,奋不顾身,英勇救人,使这位落水者脱离生命危险。上岸后的王欣因寒冷冻得直打哆嗦,感冒发烧多天,随身携带的手机也因进水无法使用
诚实守信类	22	杨智全	男	1946年1月出生,门卫。杨智全卖废铁时,不小心剐蹭到了一辆轿车,他坚持借钱赔偿车主

类别	序号	姓名	性别	事迹简介
诚实守信类	23	朱明月	女	1991年2月出生，西安邮区中心局职工。朱明月的车被老人杨智全剐蹭，在得知杨智全家庭困难后，不仅没要赔偿，还给了老人1000元钱
	24	张芮尔	女	2006年6月出生，学生。10岁的张芮尔捡到装着3万多元现金和各种证件、卡的包，她用妈妈的手机发布信息，找到了失主并将包归还。生活中，张芮尔也一直坚持诚实守信、助人为乐
	25	范昕鑫	男	1984年10月出生，公安局未央分局汉城派出所二级警员。范昕鑫路遇挥刀行凶者，徒手将其制伏，挽救了群众生命，自己右臂被砍伤。术后，他最关心的却是被砍伤者的情况
	26	申秉文	男	1933年10月出生，莲湖区市容园林局退休人员。家境贫困的申秉文捡到装有4000元现金的塑料袋后，直接到派出所要求民警寻找失主。之前只要捡到别人的身份证或其他证件，他也都不辞辛苦交到民警手中
	27	付朝辉	男	1968年6月出生。付朝辉坚持诚信经营，2013年起，他义务为社区居民收发快递。一次，一位居民的快递丢失，尽管失主多次拒绝，他仍坚持赔偿失主

类别	序号	姓名	性别	事迹简介
诚实守信类	28	聂志宽	男	1959年11月出生，西安志宽食品有限公司总经理。从业24年，他始终坚持诚信经营。2014年春节，他把刚生产出来但有怪味儿的水晶饼作为饲料处理
	29	付兴余	男	1971年3月出生，美发店老板。付兴余多年来多次为社区老年人义务理发、参加各类公益活动、为残疾人捐款捐物、为灾区人民献爱心
	30	杨超	男	1974年1月出生，公交车驾驶员。2016年8月15日，杨超在车厢捡到一个装有两块"千足金"纪念币的布兜，立即上交到调度，最终失物回到失主手中
敬业奉献类	31	孙薇	女	西安市中医医院门诊部副主任。2016年1月6日下午，北大街地铁站一名孕妇意外早产，孙薇立即冲到现场，帮助孕妇采取紧急措施，并护送其到附近的医院治疗
	32	郝雨涝	男	1969年8月出生，西汉高速北大门鄠邑区管理所所长。他十几年如一日，坚持扎根工作一线，在西汉高速建设、运营的每个岗位上尽职尽责

类别	序号	姓名	性别	事迹简介
敬业奉献类	33	徐 彬	男	1977年3月出生，西安市公安局刑侦局三处五大队大队长。徐彬构建了以刑侦为主导的多警种联动作战工作机制，初步建立了全市刑侦信息化作战体系，被省公安厅聘为刑侦专家。2014年以来，徐彬团队让西安刑警真正迈入信息化
	34	赵 博	男	1970年9月出生，生前任西安市教育局高教职教与成人教育处副处长。他从事职业教育与成人教育工作以来，始终保持革命军人的纯洁本色，作风朴实，虚心好学，从不计较个人得失，得到了大家的一致好评
	35	李天真	女	1961年出生，西安市文广新局离退休人员服务中心党总支书记、主任。她像儿女一样对待来自不同单位的老人，一有时间，她就到离休干部、老艺术家、特困老人家里嘘寒问暖、征求意见，使老同志待遇得到保障
	36	王天明	男	1955年1月出生，峪口保洁管理员。王天明节假日带领保洁员做好日常道路及驴友穿越线路的保洁。他从不叫苦叫累，就是受伤骨折也没离开过岗位
	37	乔 煜	男	1983年4月出生，西安市公安局灞桥分局纺织城派出所民警。乔煜长期关爱社区留守老人，帮助生活困难群众解决实际问题

类别	序号	姓名	性别	事迹简介
敬业奉献类	38	史　超	男	1964年9月出生，人民警察。史超从警31年，先后荣立个人二等功二次、三等功一次，获得"全省公安系统优秀科队所长"荣誉称号。今年8月以来，史超带病坚持工作，后昏倒在地，当晚51岁的史超经抢救无效去世
	39	汶小岗	男	1975年11月出生，陕西省煤田物探测绘有限公司副总工程师、物探院院长兼技管部部长。汶小岗解决了地震资料处理"断层问题"，处理多个地震物理点。他曾在低温下翻越山头，确定最佳施工参数，也曾带领技术人员摸清了麟游全区表层地震地质条件
	40	马艳芳	女	1974年9月出生，妇产科医生。马艳芳参加工作18年来，没有发生一例医疗事故及差错。为提高业务能力，她先后撰写多篇学术论文，在国家级及省级医学期刊发表
	41	吴　华	女	1960年5月出生，陕西省图书馆馆员。吴华心系盲人阅读需求，开展了50多场针对包括视障读者在内的广大残疾人的文化活动
	42	朱　进	男	1986年8月出生，西安市市政设施管理局工程管理科工作人员。2016年7月24日，小寨十字因大雨积水，要加快排水必须打开深水中的检查井。为防止打开的井盖被吸回去伤到路人，朱进紧抓井盖，冒着被旋涡吸进井里的危险，在雨中一站就是1个多小时

类别	序号	姓名	性别	事迹简介
敬业奉献类	43	宋昌社	男	1961年1月出生，高陵区耿镇街道马北村村民。宋昌社自18岁进林场工作，几十年来坚持每天巡场，用脚步丈量着大爱无疆，用汗水浇灌着中国梦想，用肩膀撑起中国脊梁
	44	赵 雪	女	1963年4月出生，社区工作者、主任、书记。赵雪带领团队，共举办健康、安全、交通、法律等知识讲座100余次，大型公益活动和文艺汇演等70余次，志愿服务活动60余次，助残活动10余次。社区先后荣获全国和谐社区建设示范社区、全国文明交通示范社区等称号。
	45	周 辉	男	1984年3月出生，西安地铁车辆检修工工班长。周辉爱岗敬业，精通业务，坚持排查故障，避免了因列车事故造成的人员伤亡
孝老爱亲类	46	包玉华	女	1958年3月出生，退休人员。20年来，包玉华上对得起丧失劳动能力的高堂，中对得起不能自理的丈夫，下对得起勤学上进的孩子，她用勤劳、坚忍、忠孝撑起了这个家
	47	南力群	男	1967年2月出生，西安市阎良区德瑞养老院护理部主管。南力群在母亲终身瘫痪后辞职服侍，直至老人去世。之后他到养老院工作，任劳任怨，每年都被评为养老院优秀员工

类别	序号	姓名	性别	事迹简介
孝老爱亲类	48	吴永周	男	1963年8月出生，蓝田县退休职工管理所副主任。吴永周多年来为老人上门服务，为他们提供丰富的精神滋养
	49	苏潮娃	男	1967年1月出生，阎良区关山镇苏赵村支部书记。苏潮娃照顾因病生活不能自理的父亲20年，担任村支书后，他筹资建起村养老院，至2016年，养老院已入住13人
	50	朱 琳	男	1961年8月出生，周至县就业局干部。朱琳虽已年近花甲，却一直活跃在服务老人工作的第一线，一有时间，他就用自己的专业知识为老人减轻病痛。村民们亲切地称朱琳为"老人的福星"
	51	孙伟娟	女	1971年8月出生，西安庆华民用爆破器材有限公司员工。孙伟娟在公公去世后悉心照顾婆婆，她孝敬老人的事迹在街坊邻里广为传播，向社会输送着正能量
	52	马春香	女	1973年2月出生，太华路街道东元西路社区副书记。马春香常年照顾因病生活不能自理的婆婆，让老人带着微笑离开了这个世界
	53	王旭光	男	1989年2月出生。王旭光自幼失去母亲，多年来，他一边工作一边把行动不便的父亲带在身边照顾，尽自己最大努力照顾父亲生活

类别	序号	姓名	性别	事迹简介
孝老爱亲类	54	梁灵芝	女	1942年7月出生，退休人员。自1993年丈夫病倒瘫痪之后，梁灵芝23年如一日，一直照顾着丈夫，不离不弃
	55	王彩会	女	1957年6月出生，农民。王彩会今年60岁，照顾失明丈夫吴学法已27年，被长安区子午街道办评为"好媳妇"，在乡亲们心中，她已是多年的"好媳妇"
	56	朱小婵	女	1969年5月出生，保洁员。1996年，朱小婵的丈夫因意外下半身瘫痪，从此她承担起照顾丈夫和两个年幼孩子的重任。18年里，她种地、养羊、做保洁、捡垃圾，用柔弱的肩膀撑起这个家

附录四 2017年"西安好人榜"

类别	序号	姓名	性别	事迹简介
助人为乐类	1	何其聪	男	1968年5月出生,陕西省红丝带志愿者协会秘书长。2006年,何其聪拿出上百万的资金,发起组织"红丝带志愿者协会"。2013年,入选中国艾协"国家级团队熔炼项目"。2015年以来,连续承接中央财政"政府购买服务陕西省项目"
	2	杨武亮	男	1982年2月出生,西汉高速涝峪口收费站站长。他多次助人为乐。杨武亮的善举不仅解决了受助者的燃眉之急,还带动了身边的人一起传递社会正能量
	3	赵彦苹	女	1972年10月出生,省体育场西门杂粮煎饼摊摊主。赵彦苹免费给残疾人、遇到困难的人送煎饼。她说,出门在外谁都有遇到难处的时候,希望自己做的煎饼能帮助到有需要的人
	4	贾景志	男	1943年1月出生,西电高压开关厂退休职工。贾景志退休后,义务为街坊邻里修理水管、磨刀等,并充当社区的义务调解员。他还是社区的红袖标志愿者,积极维护社区环境卫生和安全
	5	曹金生	男	1970年9月出生,公安局莲湖分局政工科民警。曹金生开通微博"西安莲湖曹警官"。5年来,他为群众释难解惑15000余人次,发布安全防范知识6000余条,寻找走失老人小孩600余名

类别	序号	姓名	性别	事迹简介
助人为乐类	6	王自强	男	1953年8月出生，保安。王自强十几年如一日，做着义务疏导交通的工作，护送学生过马路。大家都说："有老王在，孩子们就安全，交通就顺畅。"
	7	徐凤霞	女	1938年12月出生，利君制药有限公司退休职工。年近80岁的徐凤霞用捡破烂换来的钱帮助别人，还长期资助一位贫困生，并担任利君西社区的志愿者
	8	刘毅松	男	1976年11月出生，鄠邑区秦英小学校长。刘毅松多次为山区学校组织义卖，捐款捐物，在高温天为环卫工人送去解暑用品，并关心、帮助留守儿童和困难学生
	9	刘　晖	男	1956年4月出生，长安区东大街道降南村村民。听力残疾的刘晖关心关爱老年人，为村里乡亲和行动不便的老人免费理发超过3000人次
	10	贠潮娃	男	1972年11月出生，陕西送变电工程公司输电施工第四分公司维护班副班长。贠潮娃利用周末休息时间，组织、参加公益活动，从2009年开始，他已经组织、参加公益活动近百次
	11	张亚龙	男	1985年6月出生，"浙小匠"党团志愿者服务队队长。张亚龙大量组织、购买滞销苹果，帮助果农渡过难关。此外，张亚龙还曾做过公益记者，每月捐出300元钱作为公益基金等

类别	序号	姓名	性别	事迹简介
助人为乐类	12	张咪	女	1995年8月出生，军人学员。张咪路遇被自行车撞倒的老奶奶，将其送到医院，安顿好老人并塞给500元后悄然离开
助人为乐类	13	江燕	女	1988年7月出生，护士。江燕遇见交通事故，出于医护人员的职业习惯救助伤者，直到10分钟后120医护人员赶到现场，江燕看着医护人员将受伤男子送往医院抢救，才默默离开
见义勇为类	14	李荣	男	1956年5月出生，退休职工。李荣冒着严寒，勇救四名在灞桥湿地公园冰面上玩耍时落入冰窟的人员
见义勇为类	15	赵遵	男	1952年3月出生，临潼区行者初中保安。66岁的赵遵从两米多高的河沿跳入水中，救下两名掉入河道中的人员，使他们得到及时救治
见义勇为类	16	韩红辉	男	1977年5月出生，反扒志愿者。韩红辉义务反扒时长超过6000小时，为警方提供各类破案线索100多条，为群众挽回各类损失近60万元
见义勇为类	17	吴一帆	女	1993年2月出生，行政、人事职员。吴一帆上班途中救治一位晕倒在地的老人，直到老人被抬上救护车，才默默离开。吴一帆被网友称为西安"最美女孩"
见义勇为类	18	卫勤盛	男	1959年3月出生，退休人员。卫勤盛在灞河边散步时，勇救落水的一对父子，最终使他们脱离危险

类别	序号	姓名	性别	事迹简介
见义勇为类	19	侯青艳	女	侯青艳，1966年10月出生，教师。李菲，2000年4月出生，中学生。她们路遇一位昏倒在地、头部受伤的老人，出手相助，最终老人转危为安
		李菲	女	
	20	陈志强	男	陈志强，1959年12月出生，退休干部。田地，1993年3月出生，浙江省东阳第三建筑工程有限公司西安分公司员工。2017年11月2日上午，陈志强、田地合力制伏一名持刀行凶歹徒，并将受害者及时送往医院
		田地	男	
	21	浐灞"深井救人"群体	\	2017年9月2日上午9时许，一名1岁零8个月的男童不慎坠入废弃的机井。王晓飞、孙玉坤、吕斌、王鑫接到求援电话后，立刻组织、调度、配合救援，使孩子被成功救出
	22	港务区"抢救落水人员"群体	\	房鑫刚、苟亚光、周源救下一名在灞河溺水的人员，对落水者进行初步施救以及保暖，同时拨打110报警电话和120急救电话，后由110、120将落水者送往医院救治
诚实守信类	23	郭建雄	男	1962年9月出生，科技公司总经理。郭建雄始终坚持诚实信用原则，不拖欠工资，不偷税漏税，并帮扶困难职工、热心公益事业
	24	李国强	男	1981年1月出生，出租车驾驶员。李国强捡到乘客落在车上装有2.7万元现金的手提包，根据包里的证件信息，最终物归原主

类别	序号	姓名	性别	事迹简介
诚实守信类	25	黄忠文	男	1969年3月出生，生前系陕西秦岭应急救援中心救援队队员。黄忠文为救一名在鄠邑区紫阁峪失踪的58岁男子，不幸坠落悬崖，永远倒在了救援的路上
	26	赵西安	男	1972年7月出生，赵西安三鲜煮馍馆经理。赵西安多年来坚持诚信经营，保证食物安全及员工和顾客利益，每年春节都请孤寡老人到店里吃饭，陪他们过年
	27	陈俊梅	女	1970年8月出生，俊梅足部修护所经理。陈俊梅始终诚信经营，时刻将顾客和员工的利益记在心间。回顾20年的修脚生涯，陈俊梅说："只要顾客有需要，我们就热情接待，认真负责。"
	28	赵冠辉	男	1982年2月出生，摄影师、漂亮宝贝国际儿童摄影会所经理。多年来，赵冠辉信守"关爱儿童、关爱老人、服务社会、以爱为魂、以诚为本"服务宗旨，通过摄影传递社会和谐、家庭幸福、诚信服务理念
	29	周　欣	女	1982年3月出生，个体经商户。周欣乘坐出租车后发现余额不足付款失败。为信守承诺，她放下当天的事情，想尽办法联系出租车司机，在终于付完费用后，她才如释重负

类别	序号	姓名	性别	事迹简介
诚实守信类	30	赵浩	男	2000年2月出生，高陵区第三中学学生。赵浩在捡到装有大额现金的钱包后，在原地等待无果后，交给科室领导。最终，科室领导根据钱包内物品信息联系到失主
	31	桂志明	男	1968年11月出生，西安立豪装饰工程有限责任公司董事长。多年来，桂志明始终秉承"质量第一、信誉为本、服务至上"的宗旨
敬业奉献类	32	苟玉军	男	1955年11月出生，大明宫街道文明引导员。经过他的努力，辖区交通状况明显好转，他热情地服务着每一个人，用行动践行着文明承诺
	33	周锦娥	女	1976年12月出生，长安区王莽区域敬老院院长。周锦娥坚持以"奉若父母，情同亲生"的理念供养全院80多名五保老人。她带领下的敬老院先后获得多项荣誉称号
	34	王延平	男	1971年8月出生，碑林区园林绿化队队长。王延平20多年来始终坚守岗位。2016年3月，他与队员们一起，将一棵倾倒在路边阻塞交通的大树及时清理，恢复交通
	35	郭恭让	男	1963年9月出生，西安市纪委西安市监察局干部。他曾远赴苏丹，帮助滞留苏丹的中国劳工安全回国。从事纪检审查工作30多年来，他爱岗敬业，发挥特长，默默奉献

类别	序号	姓名	性别	事迹简介
敬业奉献类	36	杜光彩	女	1951年8月出生，西仪社区党支部书记兼主任。杜光彩和班子成员一起为社区群众服务。她组织社区活动，创办就业培训班，并为贫困大学生捐款捐物
	37	高增芳	女	1961年7月出生，社区主任。高增芳多年来关爱老人，帮助他们解决困难，社区先后获得西安市敬老文明号创建单位、先进集体等荣誉称号
	38	张建玲	男	1961年4月出生，西安华瑞机械设备有限责任公司钳工班班长。张建玲坚持"干就干好"，使自己加工的每一个零部件都成为"免检产品"，并带领班组创造了一个个高产纪录
	39	刘华为	男	1950年1月出生，陕西省中医医院专家。刘华为爱岗敬业，并出版多本专著，为中医事业培养优秀人才。从事中医工作48年来，刘华为先后被评为陕西省首届名中医、陕西省有突出贡献专家、国家一级主任医师、国务院特贴专家等
	40	张明明	男	1976年8月出生，高陵区崇皇街道绳刘村一组村民。凭着高尚的医德、精湛的医术，张明明守护着当地农民的健康，赢得了群众的信赖和赞誉

类别	序号	姓名	性别	事迹简介
敬业奉献类	41	徐　艳	女	1988年7月出生,市税务干部学校副校长。徐艳带领教学团队求创新、谋发展,在教学、学员管理、师资队伍建设、校园文化建设等方面均干出了成绩。她多次被评为优秀公务员、教育工作先进工作者,2017年入选"感动陕西国税人物"
敬业奉献类	42	张王刚	男	1956年5月出生,西安交通大学第二附属医院血液科主任。张王刚多次义诊,开展新技术、新疗法。他是患者眼中的好大夫,是学生眼中的严师,培养博士、硕士生百余人
敬业奉献类	43	徐智鹏	男	1994年6月出生,西安市公安消防支队莲湖区大队西华门中队战士。徐智鹏在中队交接班整理战斗车辆器材时感到身体不适,送医后昏迷,经全力抢救无效,壮烈牺牲
敬业奉献类	44	金亚顺	男	1976年10月出生,周至县终南镇大庄寨村村干部。十多年来,金亚顺办理业务3500多笔,金额达405.34万元。为群众代理事项630项,受益群众3400人次,涉及全村家家户户,被乡亲们亲热地称为奔走在乡间的"五星级服务员"
孝老爱亲类	45	钟简娥	女	1982年4月出生,农民。钟简娥常年照顾公婆、两位伯父、养父5位老人。2015年,她被评为周至县"十大孝亲敬老楷模"

195

类别	序号	姓名	性别	事迹简介
孝老爱亲类	46	田根全	男	1966年8月出生,农民。2015年起,田根全每天免费为村里的孤寡、空巢老人提供早餐、午餐,最多的时候,一天有130多位老人到他家里吃饭
	47	陈登风	女	1960年2月出生,农民。陈登风在第一任丈夫去世后,悉心照顾婆婆,再婚后,她与第二任丈夫一起照顾已瘫痪的婆婆,感动了众人
	48	王天福	男	1953年3月出生,中航工业庆安集团公司退休职工。36年里,王天福挑起了照顾患有精神分裂症的妻女的重担。长期的劳累和营养不良,使他患上了严重的骨质增生,但他始终默默地尽着丈夫和父亲的责任
	49	吕秋叶	女	1956年10月出生,退休工人。面对因车祸致残的丈夫、高额的外债,吕秋叶坚强地支撑起这个家。虽然生活艰辛,但她却很乐观,参加业余旗袍模特队,为敬老院、社区居民义务演出近百场次
	50	李拴虎	男	1971年4月出生,农民。李拴虎悉心照顾瘫痪在床的母亲和意外受伤的父亲,尽心尽力。他最朴素的愿望就是母亲的病能好转,父亲能快点康复,一家人平安幸福

类别	序号	姓名	性别	事迹简介
孝老爱亲类	51	张淑芳	女	1944年12月出生。张淑芳的丈夫患病多年,儿子、儿媳都是残疾人。她扛起家庭的重担,悉心照顾亲人,先后被评为"最美婆婆",家庭两次荣获区"温馨家庭"荣誉
	52	吉玉春	女	1959年4月出生,西安市雁塔区电子城街道广交社区居民。吉玉春35年来细心照顾公、婆二人,特别是公公因病无法控制自己的行为,公公走到哪里,吉玉春就跟到哪里
	53	惠成民	男	1960年8月出生,农民。惠成民自2012年起照顾成为植物人的母亲。在惠成民的悉心照顾下,母亲多次病危都挺了过来
	54	刘竹侠	女	1976年10月出生,西安银桥乳业(集团)有限公司员工。13年来,刘竹侠无怨无悔地照顾患有重病的丈夫,她努力撑起这个家
	55	李星涛	男	1973年3月出生。李星涛20多年来照顾瘫痪的双亲,妻子则在外打工提供经济来源,他们的孝心感动了乡邻
自强励志类	56	胡虎子	男	1986年5月出生,洪庆山虎子绿色生态养殖基地经理。残疾人胡虎子自主创业,并帮助其他残疾人,让大家一起拥有美好的生活
	57	贾维军	男	1974年5月出生。失去双臂的贾维军常年坚持练习书法,还通过慈善组织向四川龙山地震灾区捐款,热心帮助他人

类别	序号	姓名	性别	事迹简介
自强励志类	58	张小平	男	1964年10月出生，阎良区科农瓜菜合作社党支部书记、理事长。张小平坚持科技兴农，不仅自己增收，还帮助贫困户实现脱贫
	59	王尚力	男	1967年10月出生。只有小学文化程度的王尚力通过自学努力，成为2014年4月23日全县5位"优秀读者"中唯一的一个农民工。2016年，他撰写的《修身格言》《齐家训诫》分获渭南市"好家训"征集活动一、二等奖。2017年被评为西安市"最美农民工"
	60	董飞霞	女	1989年3月出生，周至县残疾人联合会干部。她因幼年病重而致下肢瘫痪，她因信念而走进赛场，她因坚持不懈而感动众人，她是一个平时训练不怕苦不怕累，赛场上不服输的"女汉子"，她是坐在轮椅上的奥运冠军